SV

Andreas Maier
Das Zimmer

Roman

Suhrkamp

© Suhrkamp Verlag Berlin 2010
Alle Rechte vorbehalten, insbesondere das der Übersetzung, des
öffentlichen Vortrags sowie der Übertragung durch Rundfunk und
Fernsehen, auch einzelner Teile.
Kein Teil des Werkes darf in irgendeiner Form
(durch Fotografie, Mikrofilm oder andere Verfahren)
ohne schriftliche Genehmigung des Verlages reproduziert
oder unter Verwendung elektronischer Systeme verarbeitet,
vervielfältigt oder verbreitet werden.
Druck: Pustet, Regensburg
Printed in Germany
Erste Auflage 2010
ISBN 978-3-518-42174-1

1 2 3 4 5 6 – 15 14 13 12 11 10

Das Zimmer

I

Das Zimmer meines Onkels J. liegt im ersten Stock links zur Uhlandstraße hin, direkt gegenüber dem Badezimmer, das mein Onkel wahrscheinlich gar nicht benutzen durfte. Meistens, wenn ich als Kind bei meiner Großmutter war, schlief er, dann stank das ganze Haus. War er weg, das heißt in Frankfurt, Pakete schleppen, blieb der Geruch dennoch. Im Grunde roch das Haus jahrelang nach dem Silagegeruch J.s. Das fing an, als ich acht, neun Jahre alt war. Vorher hatte er sich noch vergleichsweise regelmäßig gewaschen. Bis heute erinnert sich meine Nase jedesmal an J., wenn ich den Keller in der Uhlandstraße betrete, seinen Bezirk. Dort unten hatte man ihm eigens ein Badezimmer eingerichtet, mit Duschkabine und Toilette. Er führte dort eine Kellerexistenz als eingebildeter Handwerker. J. war in einer Steinmetzfamilie aufgewachsen, umgeben von Handwerkern. Der Betrieb hatte etwa dreißig Angestellte und war im drei Kilometer entfernten Friedberg ansässig. Als Jugendlicher war Onkel J. oft dort, man hämmerte und sägte und schnitt und polierte, riesige Lastkräne waren über das gesamte Gelände verstreut, und es gab Techniker, die die Maschinen instand hielten, Arbeiter, die schweißten und frästen, einen Schmied, der die Werkzeuge herstellte, Dinge paßgerecht machte, das faszinierte meinen Onkel, er hielt sich im folgenden selbst für einen Handwerker und begann, sich im Keller in der Uhlandstraße eine Werkstatt einzurichten, freilich nichts anderes als eine Phantasiewerkstatt, eine Scheinwerkstatt. Noch heute hängen dort Schraubenkästen an der Wand, es liegt immer noch diverses Werkzeug herum, auch wenn das allermeiste schon vor zwanzig Jahren weggeräumt wurde, nach seinem Auszug (J. mußte das Haus nach dem Tod seiner Mutter, meiner Großmutter, bei der er zeit ihres Lebens gewohnt hatte, bis über sein sechzigstes Lebensjahr hinaus, verlassen). Ein Spannbock ist noch da, und ich erinnere mich daran, wie J. einstmals in diesen Spannbock, als er noch lebte und noch in der Uhlandstraße wohnte und seine Mutter noch da war und die Welt für ihn in gewisser Weise also noch in Ordnung und nicht völlig beschädigt bzw. zerstört ... wie er einstmals dort Schrauben einspannte, mit großer Sorgfalt eine unter mehreren Eisenfeilen auswählte, die Position der Schraube im Spannbock nach einer bestimmten Idee oder einem bestimmten handwerklichen System, das er sich einbildete, noch einmal überprüfte und korrigierte und dann zu feilen begann, wobei ich, das Kind, nie unterlassen konnte zu fragen, wozu er das gerade mache, d. h. zu welchem Zweck er zum Beispiel gerade an der Schraube feile. J. erklärte mir daraufhin mit einer gewissen verzweifelten Wut sämtliche Instrumente, die er gerade verwendete (»der Spannbock ist dazu da, eine Schraube einzuspannen, siehst du, hier öffnet man ihn, so schließt man ihn«), aber auf meine Frage ging er nicht ein, sie schien für ihn nicht zu existieren. Er merkte jedoch, daß etwas nicht stimmte, und das machte ihn wütend. Mit der Zeit begriff er, daß ich ihm sein Feilen an der Schraube nicht glaubte. Da stand er, der damals etwas über vierzigjährige Onkel J., mit mir als Kind im Keller, seinem Bezirk, in der Werkstatt, in der er sein durfte, was er nie war und auch nie hatte werden dürfen, und das Kind fragte nach, und Onkel J. feilte nur mit immer größerer Wut, bis er gänzlich in Gefluche und danach in Sprachlosigkeit verfiel.

Ich weiß, daß es mich immer gruselte, wenn ich den Keller betrat, da ich wußte, er ist, zumindest in Teilen, der Bereich des Onkels. Es gab dort unten auch die Waschküche, es gab den Raum zum Trocknen der Wäsche, den Weinkeller, J.s Werkstatt lag gleich neben dem Trockenraum, und man mußte durch die Werkstatt hindurchlaufen (genaugenommen handelt es sich um einen Raum von sechs oder sieben Quadratmetern), um zu der kühlen Kammer mit dem Wein zu gelangen. Somit war die Werkstatt ein öffentlich passierbarer Raum, anders als J.s Zimmer im ersten Stock. Ich habe J. meistens in der Werkstatt erlebt. Im Wohnzimmer hielt er sich zur damaligen Zeit selten auf, zumindest nicht dann, wenn jemand zugegen war im Haus meiner Großmutter. Die Werkstatt war sein Freizeitvergnügen, vielleicht auch sein Lebenssinn, abgesehen von den Frauen, über die ich nur Vermutungen habe, nur Vermutungen und einige allerdings deutliche Hinweise. Ich muß gestehen, die erste Zeit hielt ich J. tatsächlich für einen Handwerker, für einen Eisenspezialisten. Vielleicht dachte ich anfänglich sogar, er arbeite im Keller irgend etwas, das im Zusammenhang mit der Steinwerkefirma stehe. Später, als ich begriffen hatte, daß J. dort unten rein und ausschließlich »selbständig« arbeitete, ging ich aber immer noch davon aus, daß er tatsächlich etwas mache und irgend etwas schaffe oder zumindest repariere. Es lagen auch kleine Generatoren und Motoren und Schalter herum, und allein weil sie da herumlagen, dachte ich, J. kenne sich mit all diesen Dingen aus und begreife sie. Tatsächlich nahm er diese Gegenstände bloß mit, wenn sie in der Firma weggeworfen wurden, schraubte sie zu Hause auf, stierte hinein und begriff überhaupt nichts, denn er war hauptsächlich, auch wenn man es nicht auf den ersten Blick sah, ein Idiot. Er machte es nicht einmal wie gewisse Phantasiekünstler, die aus verschiedenen Materialien, Teilen und übriggebliebenen, für ganz anderes gedachten Gegenständen Collagen oder seltsame, funktionslose Apparaturen oder Mobiles zusammensetzen, die wenigstens durch ihre Größe oder durch die Anzahl der Einzelteile, aus denen sie bestehen, und durch ihre phantastische Form für ihre Schöpfer etwas Werkhaftes darstellen. Nein, ich glaubte damals bald und bin noch heute der festen Überzeugung, daß es für J. in seiner Werkstatt ausschließlich um eines ging: nämlich in der Welt dort oben, und insbesondere in der Welt des drei Kilometer entfernten Steinmetzbetriebs, dazuzugehören. Dem Bericht meiner Mutter zufolge war mein Onkel J. von seinem Vater, meinem Großvater, nie akzeptiert worden, was auch immer dieses Wort im Hinblick auf meinen Onkel bedeuten mochte. Ich selbst hatte Onkel J. damals ja nicht nur nie akzeptiert, er war vielmehr, so wie er aussah und sich verhielt, das Urbild des Grauens für mich in meiner Kindheit, und auch wenn ich inzwischen begriffen habe, daß mein Onkel ein Mensch war, der stets mit einem Fuß im Paradies geblieben ist, so ist mir trotzdem nach wie vor nur schwer vorstellbar, wie ich damals manchmal eine ganze halbe Stunde mit ihm im Keller verbringen konnte. Wahrscheinlich mußte ich zu ihm in den Keller, wenn meine Großmutter zum Schade & Füllgrabe einkaufen ging oder sich mit einer Freundin traf. Ich kann mich an meine Unruhe dort unten erinnern. Obgleich ich jedesmal inständig hoffte, bald wieder aus dem Keller herauszukommen, betrachtete ich trotzdem immer wieder J.s Feilen und Bohren und Schleifen, war verwundert und fragte am Ende doch wieder nach (es kam mir gar nicht in den Sinn, diese Fragen endlich einmal sein zu lassen). Anschließend ärgerte sich J. immer wütender in sich hinein – er machte währenddessen seltsame Zischlaute und schüttelte einen Schraubenschlüssel oder eine Rohrzange in seiner Hand, als wolle er auf irgend etwas eindreschen und am Ende auf mich – und irgendwann kam die Großmutter und erlöste mich.

Wie ungewöhnlich es war, daß dort unten im Keller ein ganzes Badezimmer für meinen Onkel eingerichtet war, begriff ich damals nicht. Der Ort, die Uhlandstraße, hatte für mich ja keine Geschichte, sondern war für mich, das Kind, schon seit Ewigkeit da (ich empfand mich selbst ja auch als schon immer da). Und weil schon alles immer da war, brauchte es für all das ebensowenig eine Begründung, wie man für die Sonne oder die Schwerkraft eine Begründung braucht. In den ersten Jahren meines Lebens geschahen auch noch zu wenige Veränderungen, um mich auf den Gedanken zu bringen, die Welt, insbesondere was die Menschen angehe, unterliege einem steten Wandel. Ich hatte keine Ahnung davon, wie sie sich von Generation zu Generation änderte. Meine Existenz war damals eine ewige, und ewig war jeder Tag, weil alles festgefügt war. Eine Frage wie »Warum ist da eigentlich im Keller ein ganzes Badezimmer mit Dusche, Wanne und Toilette eingerichtet?« konnte gar nicht aufkommen. Eigentlich verwunderte mich dieses Badezimmer erst, als ich erstmals nach mehr als zwanzig Jahren den Keller in der Uhlandstraße wieder betrat. Wie es aussah! Es war ein einigermaßen hell und vollständig gekachelter Raum im Souterrain, in dessen Bodenmitte sich ein Abfluß befand, ein kleines Fenster auf Kopfhöhe, nirgends Zierat, ich mußte sofort an Gestapokeller denken oder zumindest an Aki-Kaurismäki-Filme. Als Kind, als ich drei, vier Jahre alt war, existierten weder Gestapokeller noch Kaurismäkifilme, sondern eine totale, unveränderliche, unwiderrufliche Welt, in der alles festgefügt war außer mir, der ich mich nämlich durch diese ganze Welt bewegen konnte, wie ich wollte (bzw. sollte), und obgleich diese Welt eigentlich nur aus zwei Häusern bestand, aus meinem Elternhaus und dem Haus in der Uhlandstraße, in das ich viel später, 1999, selbst einziehen würde, als schon alle tot waren, war es dennoch die universalste Welt, die man sich denken kann. Übrigens erweiterte ich diesen Weltkreis im weiteren Verlauf meines Lebens kaum, eigentlich später nur noch um den Begriff Wetterau, und dabei ist es dann auch geblieben, vom Zimmer meines Onkels über den Keller und alles Weitere bis hin zur Wetterau, meiner Heimat. Selbst Rom und alle anderen Städte, in denen ich gelebt habe, sind heute Bestandteil der Welt, die die Wetterau ist.

Meines Erachtens hatte es mein Onkel nicht auf

Jungens abgesehen, sonst hätte er irgend etwas mit mir dort unten im Keller gemacht. Vielleicht war er aber auch einfach zu sehr, selbst wie ein Kind, von Ehrfurcht vor seiner eigenen Mutter ergriffen, die ihn bis ins hohe Alter völlig selbstverständlich umsorgte bzw. ertrug. Vielleicht hätte er sich aufgrund dieser Ehrfurcht von allem zurückgehalten. Aber irgendwann mußte er wohl begriffen haben, daß sich an Frauen auszutoben wenigstens normaler war als an anderem (d. h. gesellschaftlich anerkannter und nicht in dem Maße mit Scham und Strafe behaftet). Vielleicht waren auf diese Weise die Frauen für ihn in den Mittelpunkt gerückt, obgleich für alle bis heute noch ein Rätsel ist, wie man sich das genau vorzustellen hatte bei ihm. Blieb deshalb sein Zimmer immer verschlossen? Ich meine »verschlossen« im metaphorischen Sinn, vielleicht schloß er ja nie ab und konnte sich darauf verlassen, daß zumindest jemand wie ich seinen Höllenhort nie betreten würde, auch wenn die Tür gar nicht abgesperrt war. Mit der Großmutter, seiner Mutter, hatte er wohl die unausgesprochene Übereinkunft, daß sie da nicht weiter herumstöbere, damit sie gar nicht erst finden konnte, was sie nicht finden und nicht wissen wollte. Ich selbst weiß nur, daß die Putzfrauen mit ihm Schwierigkeiten hatten (auch so ein Wort: Schwierigkeiten); er näherte sich, wird erzählt, immer von hinten, wenn diese sich bückten, und auch das Tante Lenchen hatte mit ihm

Begegnungen dieser Art, obgleich sie zehn Jahre älter war als er und zum Schluß schon über siebzig. Tatsächlich stand er noch im hohen Alter hinter ihr und griff ihr, seinem inneren Wesen folgend und von Gott dafür geschaffen, an den Busen, was allerdings weder zu seinem noch dem Leben Tante Lenchens paßte, es hätte denn in freier Wildbahn stattfinden müssen. Und deshalb gab es natürlich den üblichen Aufruhr, als J. einmal mehr seiner Natur nachkam und dem Tante Lenchen von hinten an die Brüste faßte, als gehörten sie ihm und als habe er ein Anrecht darauf.

Ich habe das Zimmer J.s nie betreten. Wahrscheinlich hat auch das Tante Lenchen dieses Zimmer nie betreten. Ich vermute sogar, daß selbst J.s Mutter dieses Zimmer nur äußerst selten und nur in wirklichen Notfällen betreten hat, denn vielleicht war ja nicht einmal sie wirklich durch die besagte Ehrfurcht geschützt, die J. ihr gegenüber an den Tag legte. Auf seine Mutter ließ er nichts kommen, auf ihren Busen möglicherweise schon, das könnte sein. Und da hat man dann zu Hause so etwas wie einen Ziegenbock als eigenen Sohn, der immer noch bei einem wohnt und bereits ein alter Mann wird, und dennoch springt er herum und auf einen hinauf, wenn auch nur selten. Sein Zimmer war eine Art frühester Darkroom in meinem Bewußtsein. Als Kind war ich zwar oft im Haus meiner Großmutter, zumal nach dem Tod meiner Urgroßmutter Else, die sich hauptsächlich in den ersten Jahren um mich gekümmert hatte, aber von J.s Zimmer habe ich keinerlei Bild vor Augen. Ich weiß nicht, wo das Bett stand, und es muß doch eines gegeben haben, und was sich sonst so im Zimmer befand, weiß ich auch nicht. Ich kann mir dieses Zimmer einfach nicht vorstellen. In den Jahren des Gestanks in es einzutreten wäre die Hölle gewesen. Ich wäre vor Ekel gestorben. Ich hatte nicht einmal Angst davor: Da es völlig unvorstellbar war, dieses Zimmer zu betreten, lag das Vorhandensein dieses Zimmers sozusagen unter meiner Wahrnehmungsschwelle. Es war da und zugleich nicht da. Da J. meistens schlief, muß es fast immer schwarz in dem Zimmer gewesen sein. Heute ist es mein Arbeitszimmer. Immer habe ich Romane in diesem Zimmer geschrieben, aber ich bin bislang nie auf den Gedanken gekommen, über meinen geburtsbehinderten Onkel J. zu schreiben. Über ihn und sein Zimmer. Über das Haus und die Straße. Und über meine Familie. Und unsere Grabsteine. Und die Wetterau, die die ganze Welt ist. Die Wetterau, die für die meisten Menschen nach einer Autobahnraststätte benannt ist, A5, Raststätte Wetterau, und die heute in eine Ortsumgehungsstraße verwandelt wird. Die Wetterau ist eigentlich eine Ortsumgehungsstraße mit angeschlossener Raststätte. Wenn ich das sage, lachen sie. Und es war doch einmal meine Heimat. Meine Heimat, eine Straße. Und nun schreibe ich eine Ortsumgehung, während sie draußen meine Heimat ins Einstmals planieren, und ich beginne mit meinem Onkel in seinem Zimmer. Das ist der Anfang, aus dem sich alles ableitet. Das Zimmer, das Haus, der Ort, die Straße, die Städte, mein Leben, die Familie, die Wetterau und alles Weitere. Mein Onkel, der einzige Mensch ohne Schuld, den ich je kennengelernt habe. Eine Figur am Ausgang aus dem Paradies, noch mit einem Bein darin.

An meinem Onkel nahm man seine Behinderung (er war eine Zangengeburt) nicht sofort wahr. Er konnte sprechen, er sprach zwar nur einfache Sätze, aber das macht die gesamte Wetterau. Er kam bei gewissen Themen ins Reden. J. erzählte stets vom Wald, vom Forsthaus Winterstein, von den Jägern. Er konnte sämtliche Hirschgeweihe aufzählen, die im Jagdhaus Ossenheim an den Wänden hingen. Er kannte sich aus mit den Soundsoviel-Endern. J. trug überdies ständig einen jagdfarbenen Parka. Er erzählte auch mit Begeisterung vom Radio. Wenn etwas im Radio aus einer großen Stadt in Europa übertragen wurde, dann stand er vor der alten Radiotruhe (Telefunken), drehte den Empfangsknopf und kam sich dabei vor wie ein technischer Pionier, denn natürlich ist mein Onkel J. zeit seines Lebens ein Kind geblieben und empfand große Begeisterung für sämtliche technischen Dinge, wie ich nur ganz am Anfang meines Lebens, und auch nie in einem solchen Ausmaß. An Weihnachten suchte er Deutschlandfunk, da waren dann die Glocken des Stephansdoms aus Wien zu hören, und mein Onkel stand noch 1980 so vor dem Radio und den Glocken des Stephansdoms wie andere über zehn Jahre zuvor bereits vor dem Fernseher und der Mondlandung. Er rief dann geradezu andächtig, als müßten wir jetzt alle aufmerksam sein: Die Glocken des Stephansdoms! Tatsächlich taten ihm dann auch alle den Gefallen und hörten hin, aber freilich nur für wenige Sekunden. Mein Onkel stand auch gern vor Baustellen und schaute den Maschinen und den Arbeitern zu. Ins Gespräch mit den Arbeitern kam er nie, obgleich er gern mit ihnen gesprochen und gefachsimpelt hätte, als kenne auch er sich aus. So hatte er es oft in der Firma beobachtet: Zwei oder drei Arbeiter stehen beieinander und tauschen sich in Vokabeln aus, die allesamt etwas mit der Arbeit oder mit den Maschinen oder irgendeinem technischen Vorgang zu tun haben. Auf diese Weise dazuzugehören, das war die Sehnsucht seines Lebens. Als Jugendlicher durfte er kleine Tätigkeiten in der Firma verrichten, heißt es. Ich stelle mir Ablagetätigkeiten oder Botengänge vor. Mir wurde erzählt, mein Großvater habe ihn sogar Lohntüten transportieren lassen. Dennoch soll er ihn, ich weiß aber nicht zu welcher Zeit, mit einem Lederriemen traktiert haben. Mein Großvater Wilhelm, der musische Mensch mit dem Lederriemen. Über meinen Großvater Wilhelm heißt es zuerst immer: so ein musischer Mensch! Er, der letzte musische Mensch in unserer Familie (Klavierspieler, studierter Architekt), dann kam ich, ich gelte auch als musisch. Ja, musische Menschen stellen sie sich so vor wie mich oder meinen Großvater (den ich nicht kannte). Vielleicht gehört für sie der Lederriemen sogar unbedingt dazu, zum musischen Menschen. Mein Onkel war kein musischer Mensch, obgleich er Volksmusiksendungen sehr liebte und vor allem Heino. Heino war ein Mensch, der meinen Onkel glücklich machte, fast so glücklich wie manch andere der liebe Gott. J.s Augen begannen zu leuchten, wenn er Heino hörte, und seine Miene entspannte sich. Meistens hatte mein Onkel eine Grollmiene, er war ja auch meistens schlechter Laune oder stand kurz vor einem cholerischen Anfall, den wir als Kinder besonders gern auslösten, zu unserem eigenen Unglück, aber wenn er vor Baustellen stand oder Heino hörte oder Volksmusiksendungen schaute, die es damals noch nicht so zahlreich gab, dann war er gebannt und aufmerksam, wie in einer anderen Welt, und so ging er auch durch den Wald in seinem Jagdjäckchen. Er ging gebannt und aufmerksam durch den Wald, wie später ich. Onkel J. ist der einzige in der Familie, der Vögel erkennen konnte, das haben wir gemeinsam. Vielleicht wollte er auch hier dazugehören: nicht zu den Waldtieren, aber doch zu denen, die sie bejagen und sich mit ihnen auskennen und schießen dürfen, im Gegensatz zu ihm, der nie schießen durfte. Vielleicht ging J. sogar in den Wald, um dort Ruhe zu haben, vor sich und vor dem, was ihm in der Hose lag, die wohl wie immer ungewaschen war, denn er duschte in späteren Jahren, wie gesagt, nie und behaftete alles binnen kürzester Zeit mit seinem Geruch. Allerdings, wenn ich es recht bedenke, dann kann gar nicht stimmen, was immer erzählt wird. J. muß sich schon gewaschen haben, hin und wieder, auch in späteren Jahren, aber nicht, wenn er von seiner Arbeit am Frankfurter Hauptbahnhof zurückkam, und auch nicht, wenn er sich anschließend nach seinen Nachtschichten ausgeschlafen hatte und in die Küche oder ins Wohnzimmer kam oder gar die Oma mit seinem nazibraunen VW zu uns nach Friedberg fuhr, um unser Haus vollzustinken, nein. Aber nachher muß er sich doch gewaschen haben, nämlich bevor er in den Wald und anschließend in die Wirtschaft ging (oder auch nur in die Wirtschaft).

2

So stelle ich mir einen Tag im Leben meines Onkels J. vor: Gegen morgens um halb fünf läuft er in seinem jägerfarbenen Parka, im Winter mit Mütze, im Sommer ohne, die acht Minuten zum nahegelegenen Bad Nauheimer Bahnhof, der damals zwei Schalterbeamte hatte und in dem die Züge noch stets genau nach Fahrplan fuhren. Kaffee trinkt man aus einer Porzellantasse, und der Kiosk ist noch nicht begehbar, das heißt, ein Pornoheft kann man sich nur anschauen, wenn man es sich vom Kioskbediensteten vorlegen läßt. Kein verschämtes Herumstehen in der Ecke wie heutzutage mit freier Auswahl auf Busen- und Hinternmagazine, *Anal* und *Die Nachbarin*, seit langem auch auf Schwanzmagazine, denn die Geschlechter sind inzwischen durcheinandergekommen, auch in den Bahnhofkiosks, obgleich da alles immer zuletzt ankommt. Heute muß man genau wissen, was man will, damals dagegen hatte jemand wie mein Onkel noch eine vergleichsweise geringe Auswahl, die ihm aber gar nicht gering vorkam. Männer hätten ihn verwirrt. Heute wäre das vielleicht anders. Aber dafür ist er gerade noch rechtzeitig gestorben. Damals herrschten vergleichsweise klare Einteilungen. Man lebte die meiste Zeit ein ordentliches Leben, indem man arbeiten ging und Heino hörte oder ein zünftiges Bier in der Wirtschaft oder zu Hause am Kühlschrank trank, und das andere war geheim und fand höchstens am Kiosk statt, an den man zweimal die Woche ging, und es kostete ja auch noch alles Geld und mußte dann versteckt werden. Da war das Heftchen noch die Katharsis für unsere Gottesgeschöpflichkeit, da besah man die Bildchen und lebte damit und davon, und anschließend kehrte man unbeschädigt in den Hort der Gesellschaft und des Arbeitslebens zurück. Es gab noch Sitte, alles andere war in der Ecke. Heute wäre mein Onkel überfordert. Damals hatte er möglicherweise ein gutes geschäftliches Verhältnis zum Kiosk am Bad Nauheimer Bahnhof, überdies rauchte er sehr viel, R6, die kaufte er dort ebenfalls. Vielleicht hatte der Kioskbesitzer schon morgens um halb fünf geöffnet, wegen des Nachtschicht- oder Frühschichtverkehrs. Aber vielleicht war es auch ganz anders, und Onkel J. saß mit seinem Ledertäschchen ordentlich und gewaschen unter Kollegen und gehörte endlich dazu und war auch etwas, ein Pendler mit Arbeit, der etwas zu erzählen hatte, Erzählungen von seiner Arbeit, von seinem Vorgesetzten, seinen Kollegen, Erzählungen von besonders schweren Paketen oder besonders interessanten Lieferungen oder irgendwie außergewöhnlichen Vorkommnissen. Oder sie steckten alle unter einer Decke und sprachen von den Frauen. Vielleicht hatten sie damals schon ganz und gar begriffen, was und wer mein Onkel war, und ließen sich sämtliche Materialien von ihm kaufen und von seinem Lohn bezahlen. Und er kaufte und bezahlte, damit er dazugehörte und sich anerkannt glaubte unter seinen Kollegen morgens um halb fünf Uhr in der Früh in Bad Nauheim in der Wetterau.

Mein Onkel verkehrte ständig in Wirtschaften, und da setzte sich der eine oder andere automatisch auf seine Spur. Mein Onkel, der geburtsbehinderte, prahlte ständig mit seiner Existenz, also mit seiner Bollschen Existenz, seiner Existenz als Boll. Er saß in den Kneipen und erzählte von seinem Vater als großem Firmenchef mit Chauffeur und Hund. Daß er ihn mit dem Lederriemen schlug bzw. vor Zeiten geschlagen hatte, erzählte er natürlich nicht. Was den Vater betraf, kam ihm nie ein schlechtes Wort über die Lippen. Wahrscheinlich hielt J. alles, was passierte, sowieso für normal und für den ganz gewöhnlichen, naturhaften Gang der Welt. J. erzählte von der Firma, den Angestellten, den Löhnen, wahrscheinlich erzählte er auch, wo der Lohn aufbewahrt wurde, wie man am besten auf das Firmengelände gelangte und so weiter. Aber bevor irgendein Friedberger oder Bad Nauheimer auf den Gedanken kam, auf dem Firmengelände an der Usa einzubrechen, nahm man lieber den Weg über meinen Onkel, der für die

Familie immer eine offene Stelle war, die offene finanzielle Wunde der Bolls, auch wenn er nur seinen eigenen Lohn ausgab. Die Familie jedoch wollte seinen Lohn natürlich nicht auf diese Weise verschleudert sehen. Man hätte es lieber gehabt, wenn er nicht so häufig in die Bierwirtschaften gegangen wäre.

Morgens am Bahnhof traf er bisweilen auf Gerd Bornträger. Bornträger etwa, stelle ich mir vor, hatte er im sogenannten Köpi kennengelernt, einer Königspilsenerkneipe in Bad Nauheim. Bornträger war natürlich völlig betrunken gewesen, als er die Bekanntschaft meines Onkels gemacht hatte, und hatte sich von ihm gleich ein paar Bier ausgeben lassen und anschließend noch ein paar Schnäpse. So lernte mein Onkel immer die Menschen kennen. Die Betrunkenen in unseren Kneipen in der Wetterau versuchen stets, mit dir zu trinken, Bier und Schnaps, um anschließend einfach das Zahlen zu vergessen oder so zu tun, als hätten sie gerade kein Geld dabei, und wehe, das hat Erfolg. Dann wirst du sie nicht mehr los. Dann laufen sie dir nach, bis vor deine Haustür und am Ende noch mit dir hinein, wenn du nicht vorsichtig bist. Das war bei J. im Köpi nicht nötig, er soff sich selbst so sehr unter den Tisch, daß er gar nicht merkte, daß er wieder einmal für jemanden mitzahlte. Im Grunde zahlte er immer für jemanden mit. Manchmal hing die ganze Wirtschaft an ihm, dann schmiß er zehn Runden am Stück. Natürlich geschah das nur in kleinen Kneipen, wo quasi alle am Tresen sitzen und nicht mehr als acht oder zehn Leute zu bewirten sind bei einer Lokalrunde. Deshalb versuchten sie ihn immer in genau solche Wirtschaften zu locken. Dort gehörte er zwar dazu, aber daß ihm das so hundertprozentig angenehm war, glaube ich nicht. Sonst wäre er nicht immer wieder ins Forsthaus Winterstein und zu den Jägern gegangen, die anständiger waren. Im Forsthaus hätte die Wirtin nie geduldet, daß mein Onkel derart ausgenommen wird. Und er selbst schwärmte am meisten immer vom Forsthaus. Das Forsthaus und der Winterstein waren seine liebsten Orte, abgesehen von seinem Darkroom zu Hause oder den Etablissements in Frankfurt, die aber auf bloßer Vermutung beruhen, auch wenn es gar nicht anders denkbar ist.

Bornträger fuhr manchmal mit nach Frankfurt zur Frühschicht, denn er arbeitete ebenfalls am Hauptbahnhof, zumindest behauptete er das. Mein Onkel sah ihn tagsüber aber nie, nirgendwo im Bahnhof und schon gar nicht auf dem Postamt, wo J. arbeitete. (Auf der Rückfahrt sah er ihn auch nie.) Regelmäßig im Zug saß auch Rudi Weber, dessen Vater bei meinem Großvater, also dem Vater von J., im Steinbruch als Steinhauer arbeitete. Weber, der Sohn, arbeitete Frühschicht bei einem Betrieb im Frankfurter Gallusviertel. Man nannte ihn den Weberrudi, den Sohn vom Steinhauer Weber. Er grüßte J. immer höflich, und manchmal redeten die beiden über ihre Väter. Wenn J. über seinen Vater, den großen Firmenchef, sprach, war er stolz und gehörte dazu. Er berichtete alles, was seinen Vater und die Firma betraf, im Ton höchster Gewichtigkeit. Völlig in Begeisterung konnte er geraten, wenn etwa eine neue Maschine bestellt worden war, die natürlich auf ihrem Gebiet die neueste und größte und beste von allen war. Mein Onkel dachte immer in Superlativen. Alles mußte zu einem Superlativ umgedacht werden, auch sämtliche Maschinen auf dem Firmengelände. Der andere Sohn, der Weberrudi, auch schon Ende dreißig wie mein Onkel damals, hörte dann höflich zu, und Bornträger machte sich über J. lustig (vielleicht nicht anders als ich im Keller, wenn J. sägte und feilte) und zwinkerte Weber zu, um sich mit ihm gegen meinen Onkel zu verbrüdern. Weber reagierte darauf nie, nehme ich an.

Bornträger: He, J., sag doch noch mal, du hast da letzte Woche von dieser neuen Fräsmaschine erzählt, was hat sie noch mal gekostet, diese Maschine? Was ist das denn überhaupt für eine Maschine? Wie heißt sie denn? Sag doch mal etwas über sie!

J. hebt gewichtig die Hand, kneift die Augen zusammen und sagt: Au, die Maschine, diese Maschine ist das Beste, was es derzeit gibt (*au*, das war sein Begeisterungslaut). Eine ganz neue Entwicklung, aus einem ganz berühmten Werk. Ein ganz berühmtes

Fabrikat, ich habe selbst schon an dieser Maschine gearbeitet.

B.: Was hast du an dieser Maschine gemacht?

J.: Diese Maschine kenne ich in- und auswendig. Ich kenne jeden Handgriff.

B.: Was, hat dich dein Vater drangelassen? Das glaubst du doch selbst nicht, ha-ha-ha, du kannst doch nicht mal eine Schraube eindübeln, du Handwerksmeister du, ha-ha-ha. Du weißt ja nicht einmal, wie sie heißt, die Maschine!

Man kann sich vorstellen, wie er Weber dabei aufmunternd auf den Schenkel schlägt, wobei dieser aber nie reagiert, sondern angestrengt zum Fenster hinausschaut. Ihm tat J. leid. Bornträger dagegen begriff möglicherweise, daß es sich bei meinem Onkel um den glücklichsten Menschen auf der Welt handelte, der gar nicht bemerkte, daß man ihn auf den Arm nahm, sondern der immer nur erwartungsvoll schaute wie ein Hündchen, dem man einen Knochen hinhält. Deshalb fragte Bornträger immer ganz boshaft detailliert nach den Dingen, die meinen Onkel begeisterten und mit denen er sich auszukennen glaubte (Maschinen etc.), von denen er aber rein gar nichts wußte. J. verstieg sich dann regelmäßig zu vollkommen inhaltsleeren Ausführungen, die immer vom Größten und Besten und Neuesten handelten, eine Art Wetterauer Geniesprache für eingebildete Ingenieure, zwar ohne jede Sachkenntnis, aber immerhin mit einigen allgemeinen Bezeichnungen aus dem Technikbereich, die er aufgeschnappt hatte. Denn mein Onkel konnte solche Worte wie *Hebekran*, *Fräsmaschine*, *Winkelschleifer* ja aussprechen, diese Worte kannte er, auch wenn er nur von ihnen sprechen konnte wie ein Jüngling von den Frauen und allen ihren Einzelheiten, bevor er sie selbst kennengelernt hat. Eine Sehnsuchtssprache in Ingenieursdeutsch. Ich stelle mir die Traurigkeit und Hilflosigkeit in den schwarzbraunen Augen meines Onkels vor, wenn er sich zu immer größeren Superlativen verstieg, um Bornträger halbwegs zu befriedigen, der ihn doch nur, wie man bei uns sagt, veräppelte. Auch im Keller machte er oft einen traurigen und hilflosen Eindruck, aber dennoch bin ich immer der Überzeugung gewesen, daß ihm diese Hilflosigkeit und Traurigkeit nie bewußt waren und insofern für ihn selbst gar nicht existierten. So wie er ja vielleicht auch Schmerzen hatte und einfach nichts von ihnen wußte. Er konnte sie nicht spüren, J. war von Geburt an vollkommen schmerzunempfindlich. Was sogar in gewisser Weise hilfreich war in diesem Leben, denn als Schüler wurde J. Tag für Tag verprügelt von den Menschen, die später anständige Bad Nauheimer Bürger wurden und angesehen sind bis heute, und damals traten sie meinem Onkel noch mit der Fußspitze in die Seite, während er am Boden lag, wo er, ihrer Ansicht nach, wohl auch hingehörte. Mein

Onkel fiel auf mit seinen dürren Beinen und seinen großen Ohren, seinen strähnigen Haaren und seinem irren Blick, überdies fragte er gern viel und hängte sich an jeden, also wurde er insgesamt das Schulopfer und pendelte so Tag für Tag als Kind hin und her zwischen seinem Vater, der ihn verabscheute, und seinen Mitschülern, die ihm wörtlich die Ohren langzogen und noch heute in der Bad Nauheimer Kirche herumsitzen und Weihnachten und Ostern mit ihren Familien verbringen, dabei könnten sie am Grab meines Onkels stehen und ihrem Herrgott bekennen: Ja, auch ich habe getreten.

Ich habe nie erfahren, ob Bornträger damals nicht auch auf dieser Schule gewesen ist. Sie hatten J. nach den ersten Schuljahren weit weg von hier und auf eine besondere Schule ins Rheinland geschafft, um ihn halbwegs unversehrt am Leben zu halten. Ein Wetterauer, den sie jahrelang aus der Wetterau wegschaffen mußten, damit er durchkam und die Wetterau überleben konnte, auch wenn er sie nicht überlebt hat, wie wir sie alle nicht überleben werden. Damals saß mein Onkel im Zug und starrte hinaus in eine Landschaft, die noch seine Landschaft war. Draußen waren es seine Felder, sein Winterstein, draußen fuhr zwischen Friedberg und Bad Nauheim morgens vor fünf überhaupt kein Automobil, und das Wort *Ortsumgehungsstraße* existierte offiziell überhaupt noch nicht, im Duden dieser Jahre folgte auf *orts-*

üblich noch direkt *Ortsverein*. Damals, als die Kühe noch Koi hießen und wir noch Dialekt sprachen und noch von niemandem verstanden wurden. Auch die Sprache meines Onkels existiert nicht mehr. Damals sprach er sie im Zug und wurde in ihr von Bornträger veräppelt. Das ist gerade einmal vierzig Jahre her. Mein Onkel fuhr immer dieselbe Strecke. Bad Nauheim, an Schwalheim vorbei, dann über das Rosenthalviadukt, die sogenannten vierundzwanzig Hallen, an denen ich aufgewachsen bin und die für meine Kindheit in ähnlicher Weise den Hintergrund abgaben wie die berühmte Eisenbahnbrücke auf dem Plakat von *Es war einmal in Amerika* für die Kinder im Film. Die Steine zum Rosenthalviadukt stammten zum Teil aus unseren Steinbrüchen, sagte meine Mutter, ich kann das nicht überprüfen. Aber sie wird es schon wissen, schließlich hat sie die Firma sieben Jahre lang geleitet, von meinem Geburtsjahr an, 1967, bis zur Liquidation der Firma, 1974, als die letzten verbliebenen Arbeiter vom Gelände gingen.

Mein Onkel fuhr also regelmäßig auf seinem Weg nach Frankfurt an unserem Friedberger Firmengelände vorbei und hätte seinem Vater von dort oben fast auf den Kopf spucken können, was er aber nie getan hätte, soviel Ehrfurcht hatte er. Er hatte Sehnsucht nach dem einen und Ehrfurcht vor den anderen, das war mein Onkel. In späteren Jahren hat er dort mein Elternhaus stehen sehen, wo vorher noch unser Apfelgarten gewesen war. Ja, er hat von dort oben aus dem Zug alles sehen können: Wie die Firma immer kleiner wurde, wie immer mehr Teile von ihr abgeschnitten wurden, wie die Gegenwart Vergangenheit wurde und sich nicht die Zukunft einstellte, die alle erhofft hatten. Schließlich war es doch nur immer Niedergang gewesen. Wir hatten geblüht während der Weimarer Republik, und auch das Dritte Reich war, vom Bollschen Standpunkt aus gesehen, eine einträgliche Zeit gewesen. Obgleich die toten Soldaten ja keine Einzelsteine bekamen. Ein toter Friedberger Soldat hat uns nicht viel eingebracht. Starb seine Mutter, war das dagegen ein gutes Geschäft. All die Marie Baumanns und Sophie Breitenfelders bekamen Einzelgrabsteine. Ihre toten Soldaten aber verwahrten sie, nachdem sie sie in die Kriege geschickt hatten, genauso, wie sie, als noch Lebende und dem Tode Geweihte, auch im Krieg verwahrt worden waren, nämlich kaserniert und übereinander und nebeneinander, nur daß aus dem gemeinsamen Kasernendach später die gemeinsame Grabplatte wurde, in ewiger Kameradschaft in Friedberg in der Wetterau auf dem Friedhof bis zur gemeinsamen Auferstehung.

Wir harren der Wiederkunft

Aber dann ging alles nur noch nieder, und die Weltmarktöffnung hat schließlich den Rest besorgt, jetzt beerdigen sie hier unter Steinen aus aller Welt. Die Wetterauer liegen neuerdings unter Importsteinen. Es fing an mit den Steinen aus Fernost. Unser Friedhof war bereits globalisiert, da gab es das Wort noch gar nicht, und wir waren Friedbergs erstes Globalisierungsopfer, gerade einmal achtundzwanzig Jahre nach dem letzten Krieg. Mit dem Zug durch Friedberg fahrend, kam mein Onkel auch am Hanauer Hof vorbei, einer Bierkneipe direkt neben dem Friedhof, wo wir nun auch fast alle schon liegen. Im Hanauer Hof haben wir die Toten alle totgetrunken nach ihren Beerdigungen, meistens mit einem Schnaps und noch fünf Schoppen Apfelwein hinterher. Den Hanauer Hof hat mein Onkel freilich nicht nur zu den Beerdigungen aufgesucht. Auch nach seiner, des Onkels, Beerdigung waren wir im Hanauer Hof. Bis in die siebziger Jahre befand sich hinter dem Hanauer Hof eine große Fabrik, es roch nach Eisen und nach Strom und nach einer Frühstufe der Industrialisierung, man sah die Anlagen, es stand alles noch ungeschützt in der Landschaft bzw. in der Stadt herum, und Menschen wie mein Onkel standen bewundernd vor diesen Anlagen und schauten sich die Augen aus dem Leib in kindlicher Begeisterung. Heute befinden sich dort fünf Supermärkte, und die Friedberger stehen nicht mehr davor und schauen sich mit Bewunderung die Augen aus dem Leib, sondern irren verwirrt zwischen ihnen umher und vergleichen die Preise. Eine Senioren-Schnitzeljagd zwischen Tegut und Aldi und Norma, und daneben ein Baumarkt, der inzwischen aber auch schon wieder weg ist.

Dann kommt mein Onkel aufs Feld, nach Bruchenbrücken, einem der ersten *AIDA*-Orte des Hessischen Fernsehens, als sie begannen, mit ihren Kameras die Provinz zu bereisen und es *Aufbruch in den Alltag* nannten, dann nach Ober-Wöllstadt, Nieder-Wöllstadt, Okarben, Großkarben, Dortelweil, jedes Kind kann bei uns diese Strecke aufzählen wie andere die Nationalmannschaft von 1974. Bad Vilbel, Bonames, die Station, die unterdessen ihren Namen verloren hat und heute Frankfurter Berg heißt, und immer weiter hinein nach Frankfurt, das schon ganz zusammengewachsen war und Ginnheim und Rödelheim und Eschersheim und alles Weitere bereits verschluckt hatte, und schließlich, nach siebenundzwanzig Minuten, steigt mein Onkel J. in Frankfurt aus, denn damals hatten die Züge noch keine Verspätung. Damals, in der Zeit des großen »noch«.

Ende der sechziger, Anfang der siebziger Jahre war der Bahnhof ziemlich heruntergekommen, überhaupt legte man noch nicht einen solchen Wert auf geputzte Sauberkeit an öffentlichen Orten. Um den Frankfurter Hauptbahnhof herum herrschte damals ein Paradies wie heute im Internet. Nur hatte man noch nicht direkt Zugriff aufs Konto. Meinem Onkel konnte jeweils nur genommen werden, was er im Portemonnaie hatte, und dort war nicht einmal eine EC-Karte, die gab es gar nicht. Man zahlte damals, wenn man nicht bar zahlte, noch mit Schecks, aber ich bin mir sicher, daß mein Onkel gar keine Schecks besaß. Vermutlich besaß er nicht einmal ein eigenes Bankkonto. Und wenn, hatte er keinen Zugang zu ihm, vermute ich. Er war die nie sich schließende Wunde der Familie. Da wollte alles hinausfließen, natürlich besonders am Frankfurter Hauptbahnhof, wo man noch zu wirklichen Frauen gehen konnte und nicht nur, wie heute, bloß in die Videokabine zu den Frauen auf dem Bildschirm, die allerdings billiger sind (heute ist um den Bahnhof eine Bannmeile für Bordelle gezogen). Aber ich weiß ja nichts über meinen Onkel dort in Frankfurt, ich kann nur vermuten. Und es ist auch erst kurz nach fünf Uhr morgens. Mein Onkel hat vermutlich nicht einmal das erste Bier getrunken. Dort in Frankfurt ist er allein und nicht mehr in der Familie oder unter den Bad Nauheimern, wo damals jeder jeden gekannt hat und alles gesehen wurde. In Frankfurt wurde man nicht gesehen als Wetterauer. Deshalb gingen die Wetterauer immer gern nach Frankfurt. In Frankfurt gab es alles, was man sich erträumte, in Bad Nauheim gab es nur den Bahnhofskiosk, nicht einmal Filme gab es. Noch in den achtziger Jahren und kurz vor dem Privatfernsehen wurde ich nachts von Mercedes-Benz-Fahrern auf der Straße angehalten und gefragt, wo man in Friedberg in der Wetterau noch einen Film sehen könne und ob ich da vielleicht mitkommen wolle. Dabei taxierten sie mich, ob denn ein Film dann eigentlich noch nötig wäre, wenn ich mitkäme. Für die, die zu Frauen wollten, kam ich auch immer stets in Frage damals, als ich fünfzehn, sechzehn Jahre alt war. Der Übergang war geringfügig und fiel ihnen offenbar leicht. Lieber einen sechzehnjährigen Wetterauer als eine vierzigjährige Wetterauerin, und überhaupt lieber etwas in der Hand als nur auf der Leinwand. Aber wahrscheinlich fanden sie nirgends einen Film in der Wetterau und fuhren dann doch nach Frankfurt, wo es alles gab, rund um die Uhr, und wo einen keiner kannte. Da um den Hauptbahnhof herum Altbauzeilen stehen, die allesamt fünf- oder sechsstöckig sind, mußte man immer viele Treppen steigen, und das Treppensteigen wurde, als *pars pro toto* für den Ausflug zum Paradies um den Frankfurter Hauptbahnhof herum, schließlich der Begriff für den ganzen Vorgang. Wir nannten es Treppensteigen, wenn wir nach Frankfurt fuhren. Wir, die Wetterauer, ich nicht – ich war damals noch zu jung. Meistens waren es Männer, die hinter mir her waren. Es gab auch eine Anzahl blonder, nicht mehr ganz junger, eigentlich schon alter und also künstlich blonder Frauen, die unbedingt etwas in der Hand haben wollten und nicht nur auf der Leinwand. Dafür sollte dann ich herhalten. Und es war ganz normal und gar nicht anders denkbar. Diese Sehnsuchtsgestalten, und ich unter sie gefallen.

Obgleich J. einen Behindertenausweis hatte und beim Versorgungsamt entsprechend eingestuft war, ging er auf die Post arbeiten, dazu hatte man ihn veranlaßt, wenn auch vergleichsweise spät in seinem Leben, denn ansonsten wäre er fortwährend zu Hause geblieben oder in den Wirtschaften, bei den Frauen oder beim Bier oder nur bei letzterem, und so trug er nun zum Familieneinkommen bei, wenn auch nur geringfügig, und sogar sein zu erwartender Rentenbetrag war ansteigend. Der Onkel war, wie jeder, ein Rechnungsfaktor im monetären Gesamthaushalt der Familie. Von Anfang an hatte er Geld gekostet, aber lange Zeit keines eingebracht. Drei Jahrzehnte hatte man ihn so durchkommen lassen, aber spätestens mit meinem Vater, dem Steuerbeamten und späteren Rechtsanwalt, hielt endgültig die moderne Zeit Einzug in die Familie Boll, man dachte nun hauptsächlich in den Kategorien von Sozial- und Rentenversicherung, und also war Onkel J. nun Postangestellter, vielleicht hielt er sich sogar seitdem für einen Postbeamten und schaute um so stolzer in den Spiegel, wenn auch ohne Uniform, die er wahrscheinlich gern gehabt hätte. Seine Arbeit bestand aus Paketeschleppen, anschließend duschten sie, er nicht. Er fuhr ungeduscht nach Hause. Aber noch ist gerade erst Schichtbeginn. Ich vermute, daß sie damals im Postlager nicht einmal Arbeitskleidung hatten, sondern nur ihre Privatwäsche, die sie anschließend in Säcken nach Hause trugen, um sie zu waschen, bzw. mein Onkel am Körper. Vermutlich hat mein Onkel im Postlager beim Schleppen die ganze Zeit vor sich hingemurrt, das tat er immer, wenn er etwas tun sollte. Er nahm jeden Auftrag mit dienerischem Buckeln entgegen, verfiel aber sogleich darauf in Murren und Zischeln. Das tat er auch bei uns daheim, und er murrte vor allem dann, wenn er sich gerade auf etwas ganz anderes gefreut hatte. Wenn er zu uns nach Hause kam, war sein erster Gang immer an den Kühlschrank. Er öffnete über dem Kühlschrank den Schrank mit den Henninger Glasbierkrügen, nahm sich einen Krug, dann machte er den Kühlschrank auf, holte ein Bier heraus, entkronte die Flasche und goß sich ein. (Unsere gesamte Familie lebte vom Haustrunk der Henniger Bräu, wir bekamen vier Kisten in der Woche.) Noch am Kühlschrank stehend, trank er das Bierglas zur Hälfte aus, begleitet von einem Genußgeräusch, das so widerlich klang wie nur irgend etwas auf der Welt. In diesem Augenblick aber ertönte meist schon der Ruf meiner Mutter. J., rief sie, du kannst gleich noch ein paar Flaschen Bier aus dem Keller hochholen zum Essen! Und Wasser kannst du auch hochholen! Stand meine Mutter in der Küche, buckelte er und lief mit wutverzerrtem Gesicht los. Rief meine Mutter aber vom Eßzimmer aus herüber, wo sie vielleicht gerade den Tisch deckte und ihren Bruder also nicht sehen konnte, wie er gerade in der Küche am Glasschrank stand, dann verzog sich sein Gesicht zu schierem Haß. Manchmal sah ich das zufällig. Dann wiederholte er leise und zornig die Worte meiner Mutter. J., tu das, J., tu das, zischelte er vor sich hin, und es gipfelte stets in Sätzen wie: Immer muß *ich* das Bier aus dem Keller holen, immer soll *ich* das Wasser aus dem Keller holen, immer soll ich *dies* tun, immer soll ich *das* tun! Er konnte *Ich* sagen, mein Onkel, so viel immerhin konnte er. Den ganzen Weg in den Keller hinab begleiteten ihn diese Zischelsätze aus seinem Mund mit dem *Ich* darin, und kam er währenddessen zufällig an mir vorbei (das konnte nur zu der Zeit geschehen, als ich noch ein Kind war – später flüchtete ich, wenn er da war, immer sofort auf den Friedhof oder an einen anderen Ort, um dort Luft zu holen und tief durchzuatmen, bis er wieder weg war), dann zischelte er einfach weiter und blickte mich dabei aus den Augenwinkeln an wie ein Tier, das sich verfolgt weiß, bzw. wie ein Hund, der sich erwischt fühlt, je nachdem. Vor diesen Begegnungen fürchtete ich mich immer. Manchmal stand ich aber auch im Hausarbeitsraum und hörte ihn nur vom Gang her zischeln. So stieg er die Treppe in den Keller hinab, kam nach einer Minute wieder herauf und lud seine Ladung in der Küche ab. Dann nahm er den halbgeleerten Bierkrug, zischelte in ihn hinein, bis das Zischeln in ein Trinken überging, unterbrochen wieder von meiner Mutter: J., draußen in der Garage stehen vier neue Kisten Bier, bring die doch noch schnell in den Keller! Im nachhinein kommt es mir vor, als habe J. immer etwas aus dem Keller holen oder in ihn hinunterbringen sollen. Er sagte meiner Mutter, seiner Schwester, nie ins Gesicht: Immer soll *ich* in den Keller! Aber er zischelte es, auch in ihrer Gegenwart. Wenn er zischelte, glaubte er, man verstehe ihn nicht, dabei verstanden wir ihn immer. So lief er durch unser Haus wie eine permanente Bedrohung, obgleich er gegen alle, bis auf uns Kinder, immer friedlich blieb und es zu dem schlußendlichen Gewaltausbruch, den wir stets und jeden Tag erwarteten, nie kam. Ich vermute, auf der Poststelle im Frankfurter Hauptbahnhof wird er nicht anders herumgelaufen sein, und ähnlich wie meine Mutter werden sie ihm ständig irgendwelche Aufträge aufgeladen haben, die er dann auch murrend ausführte, weil ihm gar nichts anderes übrigblieb, nur der komplette Mord an seiner gesamten Umwelt hätte ihn aus all dem befreien können, das wagte er dann lieber doch nicht.

Meistens trug er graubraune Polohemden, manchmal mit Gelbstich, bleiche, muffige Farben, die sich für mich im nachhinein mit seinem Silagegeruch verbinden, so daß ich noch heute automatisch immer den Geruch des Onkels rieche, wenn ich Kleidungsstücke in diesen Farben sehe, meistens tragen sie ältere Menschen. Mit den ersten Paketen begann er dann auch erstmals am Tag in sein Hemd hineinzuschwitzen, und wie sich die Geruchslage auf der Poststation im Lauf des Tages entwickelte, ist mir bis heute nicht vorstellbar, denn auf der Post muß es noch viel schlimmer als bei uns zu Hause gewesen sein. Zu uns kam er ja immer nur, wenn er mit der Paketschlepperei fertig und der Geruch am Abklingen war.

Zeit seines Lebens hat Onkel J. nie von einem seiner Arbeitskollegen auf der Frankfurter Poststation erzählt, ob er da Bekannte hatte, weiß ich nicht, vielleicht waren es zu der Zeit ohnehin eher Italiener, Türken oder Tunesier, die dort arbeiteten, noch war Deutschland ja ein Gastarbeiterland mit offenen Armen, wir befinden uns Ende der sechziger Jahre. Ich kann, da ich nichts darüber weiß, mir immer nur vorzustellen versuchen, wie er vielleicht doch bei dem einen oder anderen Anschluß fand, wie er bei dem einen oder anderen gewisse Sätze sprechen konnte, angeblich fachkundig, dabei doch nur wieder superlativisch, und vielleicht tranken sie sogar gemeinsam ihr erstes Bier, sagen wir nach einer Stunde, um sechs Uhr morgens, das erste Bier, die erste Verbrüderung, das erste gemeinsame Dasitzen am Tag mit starrem Blick auf den gegenüberliegenden Paketberg, den sie zu verteilen hatten, die Spanier, die Griechen, die Italiener, die Deutschen und mein Onkel J. aus der Wetterau, damit diese Pakete zu ihren Empfängern kamen, in Oldenburg, in Münster, in Wölfersheim. Sicherlich konnte man auch bei einer solchen Arbeit den Gedanken entwickeln, man sei eigentlich die zentrale Schaltstelle der Welt und ohne einen funktioniere gar nichts, denn wer den Warenverkehr leitet und ermöglicht, der ermöglicht den gesamten Zivilisationsprozeß, oder, wie sie auf der Poststation gesagt hätten: Die Pakete müssen halt ans Ziel. Mein Onkel in seiner Poststation versorgte daher sozusagen als zentrale Schalt- und Verteilungsstelle die ganze Welt, das muß für ihn wichtig gewesen sein, und vielleicht lief er tatsächlich mit einem gewissen Stolz durch die Station, bis der nächste Arbeitsauftrag kam, gefolgt vom nächsten Zischeln (immer ich), und dann gefolgt vom nächsten Bier.

Früher trank man noch auf der Arbeit, heute ist das Trinken am Arbeitsplatz fast völlig beendet worden. Es gibt schon lange ein Trinkverbot, da gab es noch gar kein Rauchverbot, nur war das Trinkverbot nie öffentlich gemacht worden. Jeder Müllmann soff in meiner Kindheit von morgens an, die Postboten waren grundsätzlich betrunken, die städtischen Arbeiter rochen morgens bei Schichtbeginn schon nach Bier, und die Spediteure bei den Berufsgenossenschaften tranken zwischen den Fahrten neben dem Bier auch noch Schnaps. Noch als ich selbst bei der Oberhessischen Stromversorgungs-AG arbeitete, 1984, soffen alle ab eine Stunde nach Dienstbeginn. Es war ja kein Saufen für sie, es war nur eine zünftigere Art des Frühstücks, etwas Herzhaftes. Bier war ein Nahrungsmittel, es kräftigte, so dachten sie. Auch meine Mutter hatte diesen Hang zum herzhaften Frühstücken schon morgens, kam die Putzfrau (eine Auswanderin aus Serbien, damals Jugoslawien), dann wurde eine Stunde geputzt, und anschließend folgte erst einmal ein Frühstück, auf das sich meine Mutter wahrscheinlich schon die ganze Woche freute. So saßen sie um zehn Uhr morgens in unserer Küche, während mein Vater bei der Henninger Bräu in Frankfurt saß und Geld für die Familie verdiente, und hieben die Henningerflaschen auf den Tisch und schütteten sich den Sliwowitz in die Stumpen. Dazu gab es immer Paprikawurst, Zwiebeln und dergleichen, und nach einer halben Stunde hatten sie glückliche rote Gesichter für den Rest des Tages. Das war bis vor kurzem noch ganz normal in unserem Land. Früher trank dieses Land. Heute würde jeder Müllmann sofort entlassen, wenn er um neun Uhr schon drei Liter Bier intus hätte. Wenn heute im Fernsehen die Firma Hesselbach aus der Zeit meines Onkels läuft, dann trinken da auch alle Bier, wann immer sie wollen, ab frühmorgens. Und die Menschen waren rot und glücklich, und es war ihr Leben, und manchmal starben sie sogar noch zu Hause, was mein Onkel J. aber nicht mehr erlebt hat, er starb im Krankenhaus, am zweiten Tag. Er litt nicht lange, hieß es, meine Familie glaubt seitdem, sie hätten ihn im Krankenhaus umgebracht, das ist nicht unwahrscheinlich. Erst hatte sich meine Großmutter ein Leben lang um ihn gekümmert, anschließend vegetierte er noch einige Jahre in einer anderen Wohnung mit seiner späten Freundin Rosl, und als er ins Krankenhaus kam, wurde er schnell entsorgt. Einige Zeit muß er noch unter Strom verbracht haben, nachdem er angeblich plötzlich tot war und die Ärzte es zuerst gar nicht bemerkt haben wollten. Sie kabelten ihn vorsorglich noch einmal an und gaben ihm Strom, wahrscheinlich haben sie einfach angedreht und sind aus dem Zimmer hinaus und haben ihn tanzen und zappeln lassen allein vor sich hin, zumindest sah er anschließend so aus.

Davon ahnt er nichts, als er sein fünftes und sechstes und jetzt vielleicht schon siebtes Bier trinkt an seinem Arbeitsvormittag in Frankfurt am Main. Was ahnte man überhaupt damals von der Zukunft, von der sie glaubten, sie stehe unmittelbar bevor oder sie sei schon da? Eben noch Krieg und SA-Uniformen, die mit ihrer Farbe den Polohemden meines jagdfanatischen Onkels J. gar nicht unähnlich waren, auch Onkel J.s Auto hatte ja dieses Nazibraun, und nun schon mit den Griechen und den Italienern und den

Spaniern gemeinsam auf einer Bank im Bahnhof sitzen und Bier trinken und rauchen in arbeitsmäßiger Kollegialität. Und sie packten ihre Brotdosen aus, mit denen auch ich noch zur Schule geschickt wurde am Anfang. Ich erinnere mich an die Brotdose meines Onkels, ich habe sie noch vor Augen und was meine Großmutter ihm jeden Abend dort hineinlegte, denn nachts um drei stand sie nicht auf, wenn er Frühschicht hatte, da mußte J. schon allein aufstehen, sich allein anziehen und allein zum Bahnhof gehen. Wurstbrote wurden hineingelegt, in eine Ecke der Brotdose, nach einem ganz bestimmten Raumaufteilungsprinzip, und in den freigebliebenen Raum kam ein Ei, eine Gurke oder eine Zwiebel, und garniert wurde es mit einer Serviette. Auch mir wurden am Anfang noch Brote in die Schule mitgegeben, es war damals wie eine Reise, wenn man in die Schule oder zur Arbeit ging, man mußte gut vorbereitet sein, man sollte mittendrin körperlich nicht abfallen, man mußte etwas zur Stärkung dabeihaben, und da man unterwegs noch nichts kaufte, nahm man stets alles mit. Kaffee in Bechern gab es nirgends, dagegen wurden überall Thermoskannen benutzt, sie fanden sich in jeder Tasche, auch mein Onkel J. hatte eine solche Thermoskanne, mit Milchkaffee darin. Ein Land der Thermoskannen. Stets ein Stück Zuhause dabei.

Mein Onkel J. trank seinen Kaffee gezuckert, in

eine gewöhnliche Tasse Bohnenkaffee gab er fünf Teelöffel Zucker (ich sah dem immer fassungslos zu); wenn man das auf eine ganze Thermoskanne hochrechnet, muß er etwa fünfundzwanzig bis dreißig Teelöffel Raffinadezucker in jede Kanne geschüttet haben. Mein Onkel lebte nicht gesund, das kann man nicht sagen, allerdings war es damals auch noch nicht so in Mode, gesund zu leben, man durfte sich die eigene Todesart fast noch aussuchen, und es war meistens die eigene Lebensart. Er rauchte massenhaft, nahm Unmengen von Zucker zu sich, er trank wahrscheinlich vier bis fünf Liter Bier am Tag, dafür ging er aber auch in den Wald, liebte neben der Wirtschaftsluft die Waldluft und machte längere Spaziergänge. Daneben fuhr er auch stets gern mit seinem Auto, das er haben durfte, wie er auch seinen Führerschein haben durfte, was heute auch nicht mehr möglich wäre. Mein Onkel und sein Auto, beide untrennbar, einmal stürzte er damit in die Usa, unseren Fluß, und seine Mutter saß auf dem Beifahrersitz. Anschließend mußte das Auto aus der Usa herausgezogen werden, und J. stand dabei und schaute zu. Es war ein VW-Variant-Kombi, er roch wie mein Onkel. Jedesmal in meinem Leben wäre ich eher die drei Kilometer vom Haus in der Uhlandstraße zu meinen Eltern nach Friedberg (oder umgekehrt) gelaufen, als mich zu J. in dieses Auto zu setzen. Alles war braun an ihm, kommt mir im nachhinein vor, alles SA-farben, dabei hatte er nicht einmal Hitlerjunge sein dürfen, auch kein Flakhelfer, seine einzigen Sozialkontakte als Kind und Jugendlicher hatten darin bestanden, verprügelt zu werden. Am Kriegsende war er zwar schon vierzehn, aber immer noch ein Depp, und würde es zeitlebens bleiben, wie inzwischen allen klargeworden war. Übrigens gehörte mein Onkel J. zu denen, die ausgerechnet immer die lieben, von denen sie verprügelt werden. Sie entwickeln eine Anhänglichkeit sondergleichen und laufen ihren Peinigern auch noch nach. Meine Mutter sagt, sie und ihr Bruder hätten meinen Onkel, den ältesten unter den Geschwistern, stets eskortiert, sooft es möglich war. Aber es war nicht immer möglich, und war kein Boll da, so sollte er immer gleich nach Haus laufen, so schnell wie möglich, oder zu einem seiner Geschwister, das schärften sie ihm ein. Er aber blieb vermutlich einfach immer stehen und kam so unter die Räder, Tag für Tag. Es muß eine blutige Kindheit gewesen sein, und der blutige Beginn einer Jugend, bis sie ihn ins Rheinland schafften, wo er seinen Frieden hatte und sogar Konrad Adenauer kennenlernte, an dessen Rosengarten er jeden Morgen vorbeikam in seinen wahrscheinlich idyllischsten Jahren, mein Onkel im Rheinland, der behinderte Wetterauer, der Ärmste, und der Bundeskanzler grüßte höflich und wußte nichts von dem, den er da grüßte.

Mein Onkel war auch jemand, der gern vor dem

Schaufenster des Waffensteinökel in Friedberg auf der Hauptstraße stehenblieb. Im Waffensteinökel auf der Friedberger Kaiserstraße hingen die graubraunen oder gelbbraunen Polohemden, sie waren bei den Jägern Mode nach dem Krieg, bis in die siebziger Jahre und eigentlich bis heute. Eine Art von Tarnfarbe, tauglich vom deutschen Wald bis hin zur afrikanischen Wüste. Rommel war wahrscheinlich auch ein Held meines Onkels. Die Jägerei und die Bergsteigerei, und seine eigentliche Heimat waren wohl die Kriegsfilme mit deutscher Beteiligung, als alle groß waren und er rückblickend noch eine Zukunft vor sich hatte und vielleicht selbst von einer gehobenen Armeestellung träumen konnte oder von seinem eigenen Panzer in Rußland. Besonders die Handfeuerwaffen hatten es meinem Onkel angetan beim Waffensteinökel. Er studierte die Marken, wußte Details oder glaubte sie zu wissen, bekam sein Heinoleuchten in die Augen und war für einen Moment, vor dem Schaufenster des Waffensteinökel, wie verzaubert, vielleicht wie andere eine Hölderlinzeile hören und plötzlich in einen entrückten Zustand geraten wegen der Schönheit des Klangs und der Tiefe der Worte. Wie wenn ein Russe Puschkin liest. So stand er vor dem Waffensteinökel und hatte seinen Zustand, auch er. Hitler und sein Reich, das war nicht seines gewesen, er hatte keinen Zutritt dazu gehabt, daraus wurde eine Sehnsucht für ein ganzes Leben, notdürftig gestillt durch die Jägerei, den Bad Nauheimer Wald, die Vögel und die Farbe Braun. Es gab ja damals neben den Frauenmagazinen auch stets die Panzer- und die Landsermagazine, wenn auch noch nicht mit hochauflösenden Fotografien zum entsprechenden Preis und in Hochglanz. Es war eine Sehnsucht, und es war ein Leben, und es war die Wahrheit, wie alles. Mein Onkel, das Tier, wie viele dachten, der Sehnsuchtsbolzen, wie ich heute denke.

Als Kinder versuchten wir ihn zur Weißglut zu bringen, bei uns schlug er mehr oder minder regelmäßig zu. Waren meine Eltern in Österreich oder Italien unterwegs auf der Suche nach einer Ferienwohnung, die sie kaufen wollten, dann zogen er und seine Großmutter bei uns ein, das heißt, schlafen durfte er nicht bei uns, dafür mußte er in die Uhlandstraße zurück, aber er war dann oft bei uns, und manchmal auch allein. Einmal schaute er fern, einen Bergsteigerfilm mit Luis Trenker. Bergsteiger- und überhaupt Heimatfilme liebte er, amerikanische Filme schaute er nie ... das fiel mir aber erst später auf. Wo die anderen bereits in den Straßen von San Francisco waren, war er noch bei der Försterhütte vom Silberwald. Filme, die zu einem Drittel der Gesamtlänge aus röhrenden Hirschen bestehen, die spektakulär Almwiesen hinauf und hinunter laufen bei fortgeschrittenem Gelbstich des Filmmaterials.

Ich erinnere mich, daß mein Bruder mich rief, er

sagte, J. guckt wieder einen Bergsteigerfilm. Wir wußten, daß J. immer in seinem entrückten Zustand war, wenn er einen Luis-Trenker-Bergsteigerfilm sah, seinem Hölderlinzustand mit anderen Mitteln. Auch in der Bergsteigerei kannte er sich aus, glaubte er, superlativisch, und auch in der Bergrettung, die Bergretter waren für ihn Helden. Mein Onkel saß allein im Wohnzimmer und schaute vornübergebeugt und mit konzentriertem Blick den Luis-Trenker-Film, in einer Art Habachtstellung, immer zum Einsatz bereit, als sei er selbst bei der Bergrettung tätig, eben gerade in der Bergrettungshütte am Fuß des Berges, eben noch vielleicht einen kernigen, zünftigen Schnaps trinkend mit seinen auf den Berg konzentrierten Bergrettungskollegen, vor sich auf dem Wohnzimmertisch einen Henninger-Glaskrug mit Flasche daneben, halbgeleert. Erst beobachteten wir den erstarrten Onkel in seiner alpinen Verzückung oder Verzauberung eine Weile durch den Türspalt, bereits in Kicherlaune (er hat, glaube ich, nie die Berge gesehen in seiner einzigen Welt zwischen Rheinland und Wetterau, abgesehen vom Vordertaunus), dann schlüpfte zuerst mein Bruder, damals zwölf Jahre alt, ins Wohnzimmer hinein, in Erwartung der Situation, die folgen würde. Mein Bruder fragte sehr ernst und ohne eine Miene zu verziehen, was J. da schaue. J. erklärte ihm mit leuchtenden Augen den Film. Er war ein ausgesprochener Anhänger Luis

Trenkers. Luis Trenker war zwar Italiener, aber Südtiroler, also für meinen Onkel doch irgendwie Deutscher. Keiner, der mit meinem Onkel auf die Poststation arbeiten gegangen wäre, keiner von diesen schwarzhaarigen Spaniern oder Italienern, obgleich Luis Trenker ja schwarze Haare hatte (mein Onkel übrigens auch). Luis Trenker immer einsam am Berg, bei Unwetter, im Hagel, allein in der Wand, und fünf Minuten später schon wieder über die gelbstichigen Almwiesen mit den röhrenden Hirschen laufend, und zu Hause wartet die Mutter (die Mutter hatte J. auch), und irgendwo wartet auch das Mädchen im Dirndlkostüm (das hatte J. nicht, obgleich seine späte Bettgenossin ja immerhin Rosl hieß, ein Name wie aus einem Trachtenfilm). Und nun war die Bergrettung bereits auf dem Weg, und Onkel J. erklärte meinem Bruder, wer wie wo gerade auf welche Weise und zu welchem Zweck auf welchen Gipfel unterwegs war, und daß sie in ein Unwetter geraten waren … und daß sie in diesem Unwetter nicht einmal biwakieren konnten, das Wort *biwakieren* sprach er mit einem ganz besonderen Gewicht aus, er streckte dabei seinen Zeigefinger aus und bewegte ihn bedeutsam hin und her. Auf dem Bildschirm eine Studiobergwand, davor Schneewehen, und immer wieder der Schnitt ins Tal. Sah man die Wand in Naturaufnahme, rief der Onkel, da, die Wand, eine ganz gefährliche Wand, vielleicht die gefährlichste

Wand und die schwierigste Wand überhaupt. Kam die Bergrettung ins Bild, wie sie in der Wand kletterte bei ihrem Rettungsmarsch hin zu denen, die im Unwetter feststeckten und nicht einmal biwakieren konnten, jetzt, wo schon Nacht war im Studio und die Schweinwerfer heruntergeblendet waren, erglühte Onkel J.s Blick, und immer größere Anspannung ergriff seinen Körper. Ich kam nun ebenfalls ins Zimmer und setzte mich wortlos möglichst weit von J. entfernt in einen Sessel. J. starrte auf den Bildschirm, den Blick immerfort auf das wichtige Geschehen am oder besser *im* Berg gerichtet, wie es im Bergjargon heißt. Das Geschehen *im* Berg war auch Onkel J.s Geschehen, so saß er da in unserem Wohnzimmer. Da meine Eltern verreist waren, war J. gemeinsam mit meiner Großmutter als Aufsichtsperson abgestellt worden. Es muß die Zeit gewesen sein, als er noch nicht in dem Maße roch wie später, sonst hätten wir es nicht mit ihm im Wohnzimmer ausgehalten und vermutlich im gesamten Haus nicht. Seine Mutter hatte ihn zur körperlichen Reinigung gezwungen, vermutlich war er in der Uhlandstraße murrend und zischelnd zur Dusche in seinen Bezirk, den Keller, hinuntergegangen. Eine Fünferseilschaft, rief J. aus. Im Berg die Fünferseilschaft, ohne Biwak, und hinterher als schneller Rettungstrupp, mobil und gewandt, die Bergrettung. Man sah die Fünfergruppe in der Bergwand, während von oben jemand etwas, das wie Schneeflocken aussehen sollte, auf sie blies. Für uns war das alles unfreiwillig komisch. Da lagerten sie, verzweifelte Gesichter; dann sah man, immer nach oben strebend, immer aufwärts, die Bergrettung. Das waren Kletterer! Warum, fragte mein Bruder, fliegen sie denn nicht mit dem Hubschrauber? Warum rettet die Bergrettung nicht mit dem Hubschrauber? Immerhin spielte der Film in den fünfziger oder sechziger Jahren, da rettete man, soviel wußte mein Bruder bereits, gemeinhin mit dem Hubschrauber. Bei einem Unwetter wie diesem hochgefährlichen Unwetter sei es zu gefährlich, wenn die Bergrettung in die Steilwand fliege, sagte mein Onkel und träumte sich in jede Silbe seines Satzes hinein, während er ihn aussprach. Das konnte man, das konnte er in Friedberg in der Wetterau sagen, solche Worte, vor dem Fernseher und von ihm gebannt: Unwetter … hochgefährlich … Steilwand … Bergrettung … In der Wetterau saß er und sprach vom Berg und war selig. Warum ist es zu gefährlich, fragte mein Bruder. Es ist eine Steilwand, sagte mein Onkel in seinem fachkundigen Tonfall, eine ganz steile Wand, und der starke Wind (wie die Schneeflocken wirbeln!), da kann man die Maschine nicht steuern, sagte er, als wüßte er all das. Und dann rutschte ihm auch noch der Satz heraus, die von der Bergrettung seien die wahren Helden der Gegenwart. Auch seine Poesie neigte zum Superlativischen. Es waren große

Männer, die Bergretter, und mein Onkel kannte sich unter ihnen aus, vor unserem Fernseher sitzend und, ergriffen vom Berg und der Bergrettung, in ihn hineinschauend. Immer wollte, immer mußte er dazugehören wollen, mein Onkel, auch hier. Immer lief er ins offene Messer mit seiner Sehnsucht danach, als könnten die Dinge auch für ihn so sein, wie sie (vielleicht) für andere waren (die Bergretter?). Am liebsten wäre er vielleicht jetzt auch im Berg gewesen, in unserem Wohnzimmer. Nicht in der Fünferseilschaft, aber schnell hinterher, technisch perfekt kraxelnd und mit Selbstaufopferung, heldisch groß und selbstvergessen, aufopferungsvoll wie vielleicht vorher die deutsche Wehrmacht, die in Rußland ja schließlich auch nur am Winter scheiterte, leider ohne Bergrettung, und von denen konnte mein Onkel auch reden, von den Tante-Ju-Fliegern, die todesmutig die Soldaten aus dem Kessel herausgeholt hatten, bis zum letzten Augenblick, solche Wendungen liebte er, in solchen Wendungen lebte und erglühte er: bis zum letzten Augenblick, bis zur totalen Aufopferung. Mit Sicherheit hatte er Fliegerhelden-, Kapitänshelden-, Panzerhelden-, mit Sicherheit hatte er Rommelgedanken, wie er auch Steinmetzgedanken hatte und den Kranführer auf dem Firmengelände bewunderte wie sonst nur noch die Friedberger Polizisten, die immerhin Uniform trugen und Waffen hatten, ähnlich wie die Jäger oben im Forsthaus Winterstein oder im Jagdhaus Ossenheim, wo J. immer hinging. Warum sind die Bergretter die Helden der Gegenwart, fragte mein Bruder, und jedem Menschen außer meinem von seiner Schicksalszange auf die Welt geholten Onkel wäre in diesem Augenblick klar gewesen, was binnen wenigen Minuten der Ausgang der Sache sein würde, nämlich daß der Onkel toben und uns bis zum hintersten Gartenzaun verfolgen würde, um dort auf uns einzudreschen, weil wir ihn um seinen Film und seine Bergrettung gebracht haben. Mein Onkel aber, nichtsahnend, antwortete, wie er immer antwortete, wie ein Kind und ohne jeden Argwohn. Die Bergretter sind Helden, weil sie in Bergnot geratene Menschen retten, unter Einsatz (hier wurde seine Stimme raunend und feierlich) ihres Lebens. Mein Bruder: Die Bergretter müssen also in den Berg, weil dort Leute sind, die nicht weiterkommen? Mein Onkel: Die holen sie zurück, *unter Einsatz ihres Lebens*. (Er guckte dabei immerfort nur aufs Bild und das Geschehen dort.) Mein Bruder: Wenn die Bergrettung sich deshalb in Gefahr begibt, weil andere sich völlig ohne jeden Grund in Gefahr bringen, warum verbietet man dann den anderen nicht einfach, sich in Gefahr zu begeben? Mein Onkel stutzte und runzelte die Stirn. Mein Bruder: Wenn man diese ganze Scheißbergsteigerei einfach verbieten würde, dann gäbe es auch keine Bergrettung, das sei doch alles völliger Unsinn. Wozu steigen denn die

Leute auf Berge, und wer zahlt denn dann die Bergrettung? Das ist doch alles so unglaublich doof, das braucht doch kein Mensch. Tatsächlich konnte sich mein Onkel nun wenigstens noch zu dem Ausruf versteigen: Du hast ja keine Ahnung! Du weißt doch gar nichts von der Bergrettung! Nun würde er gleich den Fangschuß bekommen. Da war mein Onkel in ein arges Unwetter hineingeraten an seinem Berg, und auch ich machte jetzt mit beim Abschuß des Onkels. Aha, fragten wir, was weißt *du* denn von der Bergrettung? Was weißt *du* denn, kurz gesagt, überhaupt vom Bergsteigen? Oder überhaupt nur von Bergen? *Du* kennst doch sowieso nur den Winterstein. Wir betonten das *du* so, wie er sein *ich* betonte, wenn er in den Keller gehen mußte. (Der Winterstein liegt vor unserer Haustür und ist dreihundert Meter höher als die Stadt gelegen, flach ansteigend, eine Bergrettung gibt es da nicht, nur eine Panzerstraße und ein Wirtshaus.) Kurz, wir führten, mitleidslos wie wir waren, unseren Onkel von seiner Bergwand weg und zurück auf seine eigentliche Existenz, wir raubten ihm alles und selbst noch die Bergrettung, weil wir unseren Onkel schon seit Jahren begriffen hatten und diese Mischung aus Cholerik und Begeisterung, wenn sie explodierte, für uns nicht weniger spektakulär war als das alljährliche Silvesterfeuerwerk, das wir aber schon gar nicht mehr mochten, weil es uns inzwischen langweilte. Mein Onkel stand nun im Wohnzimmer, hob drohend die Hand zur Ohrfeige, war über und über rot, zitterte und schaute uns ebenso aggressiv wie hilflos an, der Arme, und wir waren daran schuld, und ich hatte wieder mitgemacht. So war er, J., als Kind nie gewesen, er hätte nie jemanden gequält. Und jetzt, da er ein Erwachsener war, nahmen nicht einmal wir Kinder ihn ernst, erst recht als Aufsichtsperson nahmen wir ihn nicht ernst. Nicht einmal sein Erwachsensein, vielleicht das einzige, was er nach der überstandenen Wetterau und der Rückkehr aus der Rheinlandemigration hatte, ließen wir ihm, und ich war doch gerade einmal sieben. Mein Bruder war damals bereits in einer politischen Jugendgruppe tätig, irgendwo im Umkreis seiner ersten Partei, vielleicht sogar schon Jungmitglied, er konnte bereits diskutieren, mit zwölf, er hatte seine Rhetorik, auch wenn er damit wahrscheinlich noch gegen niemanden ernsthaft punkten konnte, aber meinen Onkel vernichten, das konnte er schon (und ich mit dabei). Wir zerlegten ihn bei seinem Luis-Trenker-Film, wie mein Großvater die Weihnachtsgans zerlegte, und es war für uns ebenso festlich, es war ein virtuoses Onkel-Zerlegen, wir konnten es in den verschiedensten Situationen, es war ja leicht zu sehen, wie das Pulverfaß, das er war, angezündet werden konnte. Stand er draußen im Garten bei uns und redete superlativisch über den Garten, den der Schwager neu gestaltet hatte, dann konnte selbst da mein Bruder einen, wie man sagt, Anknüpfungspunkt finden, um ihm, dem Onkel, den superlativischen Garten gleich wieder auszureden, ich dachte damals: lernt man so etwas bei der Partei? Daß mein Onkel unseren Garten möglicherweise geliebt hat wie ich, daß er überhaupt möglicherweise Dinge geliebt hat, die ich auch geliebt habe, von den Rotkehlchen und den Nachtigallen bis hin zum Dachs und den Frauen oder vielleicht sogar allen Menschen, insofern sie infrage kamen, daß er, kurz gesagt, auch ein Leben hatte und von Gott in dieses Leben hinein geschaffen war, vom Dachs über die Bergrettung bis hin zur Sperre, seine eigene Mutter wirklich einmal ganz ernsthaft zu bespringen, auf diesen Gedanken kam ich erst später, aber da war es, wie meist, schon zu spät, und dann starb er ja auch bald. Kurz vor seinem Tod war er, glaube ich, dann auch noch von meiner Familie entmündigt worden, zur Sicherung des Erbteils und aus Angst vor einer Heirat mit Rosl. Was er hatte, gab er zum Schluß seiner Leidenschaft. Diese Rosl hatte ihr letztes Lebensjahr unentwegt Töpfe gekauft, und auch die mußten bezahlt und nach Rosls Tod von uns entsorgt werden, eine Wohnung voller Töpfe, bestellt in Katalogen quer durch ganz Deutschland, auch eine Leidenschaft und auch unstillbar bis zum Tod. Rosl starb im Bett neben meinem Onkel, Seite an Seite mit ihm. Der Tod trat um vier Uhr morgens ein, sagten die Ärzte. Mein Onkel hatte es nicht bemerkt. Er merkte es erst gegen acht Uhr und rief dann, orientierungslos, wie er stets war, erst einmal bei seiner Schwester an: Ursel, die Rosl ist tot.

Noch ist alles nicht soweit, noch ist J. in Frankfurt auf der Poststation, irgendwo zwischen seinem zwölften und fünfzehnten Bier. Man zweifle nicht daran, daß er seiner Arbeit nicht ordentlich nachgekommen wäre. J. haßte immer, was er tun mußte, aber der Respekt vor seinen Arbeitgebern war ungefähr so groß wie der vor seiner Mutter. Da kam er nie heraus. Er war immer voller Respekt. In alles konnte er so etwas wie eine Wehrmachtsordnung hineindenken. Oder eine Jägerordnung. Man kann es aber genausogut auch andersherum sagen, vielleicht suchte er in seiner Umwelt so etwas wie seine Mutter, etwas so Großes, Unhintergehbares, und fand es in der deutschen Wehrmacht (wie auch im Berg mitsamt Bergrettung, Film-Mutter und Frau im Dirndl), oder in Rommel, oder in seinem Panzer in Rußland, von dem er vielleicht träumte, vielleicht auch nicht anders als jemand von einem Porsche Cabrio heute. Am Ende, soll man das sagen?, war der Glücksglaube meines Onkels, der ja noch etwas mit Kollektiven zu tun hatte, mit Völkern und dem Volk, bis *zum letzten Augenblick* und unter *Einsatz des Lebens*, das Gegenteil von Hedonismus, es war ein Opferwille, wie ihn Kinder haben und wie man ihn sonst vielleicht nur noch in der BDSM-Szene sieht, wo sie auch alle ihre Sehnsucht haben, und wie, und wäre mein Onkel unter sie geraten, wer weiß, am Ende hätten sie ihn am Schlafittchen gehabt und Vollmacht über sein Konto. Die Menschen wollten ja immer nur eins: sein Geld.

Vielleicht hat er das Sommerlicht genossen, das im Juli, im August, im September am Mittag durch die Gläser des Hauptbahnhofs fallen konnte, ich würde es ihm wünschen, bei seinem inzwischen nicht mehr mitgezählten soundsovielten Bier und ohne Rettung aus alldem, aber vielleicht auch ohne jede Verzweiflung, die er gar nicht spürte, ebensowenig wie seinen Schmerz. Aber es ist auch nicht unwahrscheinlich, daß sie bereits in der Pause ins Bahnhofsviertel gingen und sich zwischen den Auslagen hinwegträumten in Gottes Paradies, für das sie auch hier in Frankfurt am Main geschaffen waren, woher auch immer sie kamen. Zwei Dinge sind möglich, entweder sie saßen gemeinsam auf der Pausenbank, mit Bier in der Hand, Zigarette zwischen den Fingern, und führten Respektsgespräche, Anstand und Form auch noch oder gerade unter und mit den Ausländern, die auch ihren Stolz hatten, auch auf der Post, obgleich sie da wahrscheinlich nie hingewollt hatten, wie sie vermutlich nie nach Deutschland gewollt hatten, aber dann war es doch so gekommen. Dann redeten die Spanier und Italiener über ihre Familie und mein Onkel auch, wobei er vor allem von der großen Firma und dem großen Vater, dem Firmenchef sprach (dreißig Angestellte! nur J. nicht dabei); oder sie waren bereits verabredet, hatten die nächste Stufe schon erklommen, erkannten sich in ihrer unstillbaren und jeden Tag wie neugeborenen Gier nach Leben und hatten nur den einen Gedanken: sofort auf die Kaiserstraße und es loswerden, egal wie, ob vor der Leinwand oder mit etwas in der Hand. So kann man sie sich auch vorstellen: Pausenglocke und sofort hinaus, die Hand schon am Hosenknopf. So waren sie dem Glück immer nah in Frankfurt und erholten sich davon erst wieder, wenn sie zu Hause waren bei ihren Familien und Kindern, für die sie all das machten, nämlich jeden Tag Geld verdienen auf der Post im Frankfurter Hauptbahnhof, Abteilung Paketverteilung.

Nicht einmal einen Gabelstapler durfte mein Onkel in der Post fahren, und er hatte doch einen Führerschein. Der Gabelstaplerfahrer war die natürliche Autorität, J. hatte diese natürliche Autorität nicht, er scheiterte ja schon an uns, meinem Bruder und mir, mit seiner Ehrfurcht vor der Bergrettung. Bewundernd stand J. vor dem Gabelstapler, wenn er stillstand, und bewundernd stand er vor ihm, wenn er bedient wurde, wenn ihn jemand bedienen durfte, und J. schaute all den Handgriffen und Fahr- und Hebetechniken genau zu, ganz genau, als könnte er etwas dadurch lernen, aber er lernte doch nie etwas, sein

Studium der Dinge war immer genauso sinnfrei wie sein Aufschrauben der Schaltungen und Dynamos im Keller: alles lag anschließend nur in unverstandenen Einzelteilen herum und wurde nie mehr zusammengefügt. Seine Sehnsucht löste alles auf, um den Dingen näherzukommen. Was er in die Hand nahm, zerfiel. Eine einzige Dialyse. Wäre J. jemals allein in der Pakethalle gewesen, allein mit dem Gabelstapler, und wäre im Umkreis von einem Kilometer kein Mensch zu finden gewesen, ich glaube, er hätte sich nicht einmal dann probeweise auf den Gabelstapler gesetzt. Hätte er sich auf ihn gesetzt, wäre er unfähig gewesen, ihn zu starten, geschweige denn zu fahren oder gar die Gabel zu betätigen; aber soweit wäre es nicht gekommen, er wäre höchstens ehrfürchtig um den Gabelstapler herumgegangen, hätte seine Hand auf die Karosserie gelegt, interessiert die Knöpfe und Hebel betrachtet und gewartet, bis jemand dazugekommen wäre. Immer wartete er. Das war sein Leben: immer hatte er gewartet. War niemand da, war er wie abgeschaltet, ausgenommen im Keller, ausgenommen im Wald, ausgenommen in der Wirtschaft (aber da war ja immer jemand), ausgenommen im Paradies (da war auch jemand oder wenigstens etwas auf dem Papier).

Bei seiner Mutter meldete er sich jeden Tag ab. Sie wußte immer, wann er ging, wann er kam, wie lange er wegblieb. Sie mußte ihn nicht einmal dazu auffordern, sich an- und abzumelden, es war noch ganz dasselbe Verhältnis zwischen beiden wie zu der Zeit, als er noch gar nicht im Rheinland war, als er noch zu seinen jüngeren Geschwistern flüchten sollte und doch meistens stehenblieb. Diese unbedingte, pflichtmäßige Angebundenheit an seine Mutter ragte in seine Seele wie etwas Metaphysisches und war völlig unhintergehbar. Das war für mich immer berührend, daß er als Person gar nicht in sich geschlossen, sondern auf eine andere Person hin geöffnet war. Das machte ihn zeitlebens so schuldlos. Ein Mensch ohne Sündenzusammenhang. (Auch wenn er, wie gesagt, manchmal schuldig schauen konnte wie ein erwischter Hund.) Er war ja nie verantwortlich. Als hätte ihm die Zange den Sündenapfel gleich wieder aus dem Mund genommen, den kriegst du nicht, du nicht, als das erste Wort Gottes bei der Geburt. J. hatte zu allem dasselbe Verhältnis: Er ging wehrlos unter. Bei seiner Mutter, vielleicht morgens am Bahnhof schon am Kiosk, vielleicht in Frankfurt auf der Post bei seinen Kameraden, entweder indem er mit ihnen ganz ordentlich blieb, was möglich ist, oder indem er mit ihnen ganz säuisch wurde, was ebenfalls möglich ist.

Damals rauchten sie noch. Es war die Hochphase der Filterzigarette in Deutschland. Auf der Post rauchten sie vermutlich wie die Schlote. Man hatte die Zigarette im Mund, wenn man die Pakete schleppte, man hatte sie im Mund, wenn man Formulare abhakte, man hatte sie im Mund, während man Pause machte, und alle hatten gelbe Finger. An die gelben Finger meines Onkels erinnere ich mich besonders, es waren die ersten gelben Finger, die ich in meinem Leben gesehen habe. Das muß man sich zum Silagegeruch immer hinzudenken: den Tabakgeruch. Die Filterzigarette war ein Kommunikationsmittel, das hatte sie groß gemacht. Weil es zwischen den Menschen nicht reichte, mußte noch etwas hinzukommen, das war die Filterzigarette. Sie überdeckte die Anfangsleere. Sie war ein trockener Schnaps. Mein Onkel rauchte zu seinen besten Zeiten drei Päckchen am Tag, wie viele damals. Erst der Filter hatte das massenhafte Zigarettenrauchen möglich gemacht. Er machte alles so leicht. Zum täglichen Lebensbild Deutschlands gehörte dazu, daß das Land dampfte. Und bis heute glaube ich, daß jede dieser Filterzigaretten eine Depression aufhob. Deshalb das Gefühl des Schwebens, das sich einstellt beim Zug an der Filterzigarette. Es ist immer etwas da, es birgt einen. Mein Onkel, der Geborgene. Nie war er in Frankfurt allein auf der Post, immer hatte er wenigstens seine Zigarette und konnte sich jederzeit eine anstecken. Und wie er hustete! Ein langer, zäher Husten, der nach hinten heraus stets feucht wurde, fast schlickig. Man hörte den Schleim in der Kehle wirbeln, übrigens traten seine Augen dabei sehr seltsam vor, als wollten sie aus ihm heraus. Als wollten sie ihn, den Onkel, einmal ansehen, von außen, und nicht nur immerfort von innen aus ihm heraussehen. Er rauchte viel zuviel, jeder wußte das, aber noch war er vergleichsweise jung, und er hatte ja keine Schmerzen, er kannte sie nicht. Schmerz, ein für ihn fremdes Wort. Auf dem Schmerzauge war er blind, sozusagen. Da sah er nichts. Mein Onkel hätte später fast seine Beine verloren, aber auch die totale Verstopfung seiner Blutbahnen hatte er nicht gespürt. Sie wurde zufällig festgestellt, ganz nebenbei. So wie auch ein Blinddarmdurchbruch bei ihm einmal ganz zufällig diagnostiziert wurde, nebenbei, er war gerade die Treppe hinuntergestürzt und deshalb zum Arzt gebracht worden. Beides, Sturz wie Durchbruch, tat nicht weh. Auch heiße Herdplatten taten nicht weh, er merkte erst am Geruch, was er da wieder getan hatte. Auch die Schulschlägereien verursachten ihm ja keine Schmerzen, sie verletzten ihn nur. Er blutete, er war mit blauen Flecken übersät, und gern traten sie ihm in die Seite, wenn er am Boden lag, aber Schmerzen waren es nicht. Es machte ihn nicht einmal traurig. Es machte ihn nur traurig, daß es die anderen traurig machte, wenn er blutete oder sich verbrannte, seine Geschwister, seine Mutter. Seine Familie hatte da schon begriffen, daß es um etwas ganz anderes ging als nur darum, ihn von Prügelschmerzen fernzuhalten. Es ging ums Überleben.

Hätten sie, die Schulkameraden, ihn umgebracht, hätte er es ebenfalls nicht bemerkt, und die anderen auch nicht. Sie hätten ihn aus Versehen einfach töten können, er hatte kein Schmerzmaß, das schon vorher hätte voll sein können. Auch sie waren darauf angewiesen, daß er wenigstens einmal schrie oder stöhnte, damit sie merkten, wie hart sie wirklich schon zuschlugen und zutraten. Nicht einmal das gab mein Onkel her. Von Schlägereien nach der Zeit im Rheinland ist allerdings in unserer Familie nichts mehr überliefert. Auch auf der Post in Frankfurt kam er wohl durch.

Und nun ist das letzte Arbeitsbier getrunken, wahrscheinlich mit angewinkeltem Arm und Genußgeräusch, und es ist gegen zwei Uhr nachmittags, und Onkel J. meldet sich ordnungsgemäß vom Dienst ab und hat nun noch eine Dreiviertelstunde, bis der Zug nach Bad Nauheim fährt, bevor J.s Rest des Tages beginnt, den er mit allerlei schönen Sachen ausfüllen wird, wie er sich vermutlich jetzt schon ausmalt. Der Frauenwald mit seinen Tieren und Hochsitzen und das Forsthaus Winterstein. Das Bier ist vielleicht schon wieder abgebaut, es war ja nur Nahrung, man schleppte schließlich. Vielleicht bleibt nur eine Grundbläue, ein leichter Schleier über allem. Und so hinein in die letzte Dreiviertelstunde und vielleicht zuerst auf den Bahnhofsvorplatz, noch eine letzte Zigarette mit den Kollegen und wie der Marlboromann in die Leere oder Weite schauen (je nachdem, wie man den Blick des Marlboromanns deutet). So fühlten sie sich geborgen, mit aufgehobener Depression. Dann geht mein Onkel los, zum Abschluß noch einmal über die Kaiserstraße bis hin zum Theaterplatz. Da sehe ich ihn immer laufen, das alte Kind. Leicht vornübergebeugt, die Schultern etwas hochgezogen bzw. den Kopf zwischen sie gesenkt, die Hände in den Taschen, winters trug er eine Art Tschapka, aber ohne Fell, dafür mit Kunststoff-Futter, er trug immer dasselbe, zeitlebens, kommt mir vor. Meistens sah man ihn von hinten, wie er vor Dingen stand, vor Schaufenstern, Baumaschinen, Straßenbahnen, wie er durch Scheiben hineinschaute auf Auslagen oder auf die Instrumente der bewunderten, jeweils ganz modernen, neuesten Automobile. Die Bewunderung ging immer nach vorn, durch seine Augen heraus. Fuhr eine Harley Davidson an ihm vorbei, bewunderte er das Motorrad (obgleich amerikanisch). Fuhr ein Porsche vorbei, bewunderte er ihn. Er durfte immerhin einen VW-Variant haben. Der war allerdings auch sein Heiligtum. Die Zeremonie des In-die-Garage-Hineinfahrens: Das Automobil blieb erst im Hof stehen, in die Garage gefahren wurde es noch nicht, da beließ es mein Onkel lieber noch bei der Vorfreude, die alles steigert. Erst noch ins Haus, erst noch ein Bier trinken, und dabei bereits den bald folgenden, gewichtigen Akt im Kopf: Daß das Automobil noch in die Garage gefahren wird, für den Abend, für die Nacht, denn das Automobil muß in die Garage. Als sei es seine kleine Mondrakete, oder als sei es sein eigener, ihm ganz allein gehörender Panzer in Rußland (den muß man pflegen, der muß heute auch noch in die Garage, wie das Kind ins Bett). Vielleicht hätte J. für das In-die-Garage-Bringen gern eine Uniform angezogen, eigens dafür, wer weiß. Auf jeden Fall fühlte er sich immer erhoben, und er kündigte es auch jedesmal an, so daß es anschließend jeder im Haus wußte: Gleich wird der Variant in die Garage gefahren. War er drin, war die Welt in Ordnung, der Tag konnte weitergehen und das Fest war gefeiert.

In Frankfurt fuhren wesentlich mehr Automobiltypen herum als in Bad Nauheim in der Wetterau, zumal Ende der sechziger Jahre. Viele Autotypen kamen noch gar nicht aufs Land, und bei J. im Frankfurter Bahnhofsviertel waren die Autos immer die größten und teuersten und protzigsten, aus naheliegenden Gründen, da konnte mein Onkel seine Augen aus dem Kopf herausschauen, da konnte er bewundern. Er blieb dann einfach stehen und schaute den Limousinen nach, bis ganz zum Schluß, bis die Gegenstände seiner Sehnsucht um die Ecke oder in der Ferne verschwunden und nicht mehr sichtbar waren. Als Mensch hing er, neben der katholischen Religion, zu der er erzogen worden war, der damals noch mehr oder minder ungebrochenen Schneller-Höher-

Weiter-Religion an. Das bezog sich auf Automobile und Gewehre und Raumraketen, aber natürlich auch auf Bauwerke, besonders auf Baustellen, im Bau befindliche Bauwerke waren noch faszinierender als die fertiggebauten. Wie andere während der Schwangerschaft ihre Zustände hatten, so er beim Bau eines Bauwerks. Wie es wuchs! Und wie sie alle arbeiteten! Und was sie für schweres Gerät hatten! Und wie viele Stockwerke es geben würde! Man muß sich einmal vorstellen, in welcher kargen Zeit mein Onkel anfänglich in Frankfurt gelebt hat. Da gab es nichts, da gab es nur den Henningerturm, aber den immerhin mit Drehrestaurant. Dann gab es später den Fernsehturm, ansonsten war Frankfurt fast noch völlig flach. Die eigentlichen Hochhäuser kamen erst später, J. hat sie teilweise noch erlebt. Auch den Messeturm hat er noch erlebt. Da wird er viel Zeit verbracht haben, und so nahe am Bahnhof! Man brauchte nicht einmal zehn Minuten zu Fuß, und man stand an der Baustelle des Gebäudes, von dem man wußte, daß es später einmal das größte Gebäude in ganz Europa sein würde. Mein Onkel stand am Bauzaun und wußte es auch. Nicht ein großes, also beliebig, sondern das *größte*. Die riesige Baugrube, die Gerüste, die Fundamente, zuerst alles noch ein Loch (voller fremder Arbeiter, aber mit deutschem Vorarbeiter), jeder an seinem Platz, und alle wissen, was sie zu tun haben, vom frühen Morgen an auf dieser Baustelle von Europas höchstem Turm, der noch ein Loch ist. Fern, da hinten, steht der Vorarbeiter und hat seinen Plan entrollt und deutet mit seinem Arm nach da und da, ein Feldherr, so steht er da, wie Onkel J.s Vater in der Firma vielleicht, oder wie Rommel in der Wüste. Dann ist schon das Fundament gelegt (tausend Stäbe schauen aus dem Beton, und alles nach Plan), und dann geht es immer schneller, Stockwerk um Stockwerk, und mein Onkel muß immer öfter hin, um nichts zu verpassen, alles ist wichtig und von hoher Bedeutung, man kann dann sagen, daß man dabeigewesen war, an der größten, wichtigsten Baustelle Europas, kann dann zu Hause davon erzählen, in der Wetterau, im Forsthaus Winterstein. Man sieht ihn nun schon aus der Ferne, den Turm, noch ein Stumpf, und immer noch steht der Vorarbeiter oben mit seinem Plan und weist nach da und dort (mein Onkel kann ihn nicht mehr sehen, stellt ihn sich aber vor, denn ohne Vorarbeiter geht es ja nicht). Und dann sieht man den Turm schon von der Bahn aus, bei der Fahrt von der Wetterau nach Frankfurt am Main, bereits halb so hoch, wie er werden soll, aber da ist mein Onkel schon pensioniert und fährt gar nicht mehr nach Frankfurt, sondern bleibt zu Hause und darf inzwischen auch, seiner Beine wegen, nicht mehr rauchen (er trinkt nur noch Bier), aber fährt man mit dem inzwischen sehr in die Jahre gekommenen Variant Richtung Forsthaus, dann sieht man ihn sogar von der Wetterau aus, den Messeturm. Manchmal steigt mein Onkel aus, dann steht er vor seinem Variant, im Wintermäntelchen, die Hände in den Taschen. Ganz klein in der Ferne ist es zu sehen, das höchste Gebäude Europas. Der Messeturm, und mein Onkel noch dabei! Wenn auch nur von der Wetterau aus. Glücklicher ein Leben kaum vorstellbar. Und wenige Jahre später war dann der Messeturm auch schon wieder gar nicht mehr das höchste Gebäude in Europa. Das hat mein Onkel aber wohl nicht mehr mitbekommen, und stünde er heute dort auf dem Weg zum Forsthaus und blickte nach Frankfurt, wäre er wohl desorientiert und könnte das alles gar nicht mehr unterscheiden, all die Türme, das hessische San Gimignano da hinten jenseits der weiten Felder der Wetterau, klein liegt es da und fast lieblich auf Distanz. Hätte er die Ortsumgehung erlebt, nicht auszudenken, die ganze Wetterau eine Baustelle, eine einzige Baugrube, er hätte stehen können, wo er wollte, überall hätte er an einer Baustelle gestanden, als sie seine Heimat zuplanierten, in die er sich dann vielleicht noch mehr verliebt hätte. Eine Heimat nicht nur mit Wald und Vögeln und Forsthäusern, sondern auch, wo man geht und steht, einer Großbaustelle mit ganz vielen Arbeitern und dem schweren Gerät auf Schritt und Tritt. Einmal brachte er meiner Mutter eine Holzplakette als Geschenk mit, eine Scheibe aus einem Baumstamm, darauf eine Inschrift, mit Brennstift eingeschrieben (eigentlich sah es brutal aus, es war eine Brandspur, wie wenn man ein Rind mit einem Brandeisen prägt, man hört noch das Zischen, und jetzt hast du dein Zeichen und wirst es nie mehr los):

Dehaam is dehaam!

Das heißt bei uns: Daheim ist daheim. Hätte das mein Onkel noch erlebt: Erst die Baustelle, und dann mit dem Variant über die neue Ortsumgehung, geradeaus von Nieder-Mörlen bis Wöllstadt. Er wäre einer der ersten gewesen, schon am Tag der Eröffnung wäre er über die neue Straße gefahren, oder vielleicht am Tag danach (aus Respekt, er war ja überall nur im zweiten Glied). Allerdings hatte er in seinen letzten Lebensjahren, nach dem Tod der Großmutter, nicht einmal mehr das Auto. Der Variant war auf dem Schrottplatz gelandet.

Der Variant war die Hälfte seines Lebens gewesen, und noch heute kann ich mir meinen Onkel nicht ohne diesen Variant vorstellen. Ich bin nach wie vor fest davon überzeugt, daß der VW-Variant meinen Onkel J. zu einem glücklichen Menschen machte. Bis heute sind beide für mich, der sehnsuchtsvolle Mensch und die sehnsuchtsbeladene Maschine, nicht voneinander zu trennen, sehe ich einen alten Variant (vereinzelt gibt es sie noch), denke ich an J., und denke ich an J., fällt mir immer der Variant ein. Eine Gedankenverbindung wie für die Ewigkeit. Er saß darin immer nach vorn gewinkelt, den Kopf nahe an der Frontscheibe, sommers wie winters, völlig unabhängig von den gegenwärtigen Sichtmöglichkeiten, ob bei Nebel oder bei klarem Himmel. Er saß im Variant nach vorn gewinkelt, wie er überhaupt immer nach vorn gewinkelt war. Der Kopf dann seltsam groß, wenn man durch die heruntergekurbelte Seitenscheibe hineinguckte bzw. er heraus (das Fenster mußte offen sein, sonst wäre er erstickt). Ein Auto, in dem ein Vierteljahrhundert geraucht wurde. Alte Armaturen, mit jedem Jahr immer älter. Der Schaltknüppel, heute gar nicht mehr vorstellbar. Es war eine lange, dürre Metallstange mit kleinem Knauf, fast wie für eine Kinderhand, die schräg ins Wageninnere hineinragte. Die kleine Kurbel an der Innentür, mit der man das Fenster hinunterkurbelte, mit einem Kunststoffgummiknauf, und auch die Türinnenbepolsterung aus irgendeinem Kunststoff, alles roch stets nach J. und seinem Leben. Die Polster waren sauber und klebten dennoch. Sie waren grau wie die gesamte Existenz meines Onkels, grau mit einem Stich ins Bräunliche. Es war, als würden die Ohren und die Augenbrauen meines Onkels die Formen des Variants (das Auto hatte windschnittige Kotflügel, so wie man sich das damals vorstellte) nachahmen, als wäre mein Onkel gleichsam konstruiert worden (von den Volkswagenwerken selbst), um darin zu sitzen, im Variant. Für mich als Kind war es so, kein Variant war denkbar ohne den Onkel darin, beides war identisch, hieß es, die Oma und der Onkel kommen, kam der Variant, und mein Onkel auf dem Fahrersitz. Es war eine schon damals unglaublich veraltete Blechkiste, aber mein Onkel mußte auf Geheiß der übrigen Familie sorgsam mit seinem Wagen umgehen, deshalb hielt der Wagen fast sein ganzes Leben, es war ja sein einziger. Das Auto wurde einmal die Woche gewaschen und ab den siebziger Jahren zeremoniell in die Waschstraße gefahren, aber auch darüber konnte J. fluchen, und später ließ er es auch immer öfter sein, dann sagte mein Vater, sein Schwager, wie sieht denn der Wagen schon wieder aus? In den Wald zur Wirtschaft fahren kannst du, aber den Wagen saubermachen kannst du nicht. Ein Auto, ohne das auch das Forsthaus Winterstein für meinen Onkel nicht so leicht möglich gewesen wäre. Beim Anfahren neigte es zum Fauchen, später, beim Fahren, wurde daraus ein tiefes, substanzloses Röhren. Es sah auch so seltsam klein aus, zumindest jetzt, im nachhinein, kommt es mir so vor. Manchmal sehe ich dieses Auto noch im Schaufenster des Feigenspan, unseres Spielzeugladens in Bad Nauheim. Dort, in der Auslage, ist der nazibraune Variant ganz zusammengeschrumpft, auf sechs oder sieben Zentimeter, und ist verpackt in eine kleine Plastikbox (geruchlos). Er steht dort unter fünfzig anderen Miniaturmodellen und ist doch unzweifelhaft das Automobil meines Onkels. Vielleicht steht ja sogar meine Mutter heute noch manchmal vor diesem Schaufenster des Feigenspan mit seinen Auslagen, die eigentlich schon aus dem Einstmals herüberragen, und sieht den Variant und hat dann für einen Augenblick noch einmal ihre Familie wieder, mit allen Konsequenzen.

Aber zurück, noch ist der Onkel jung, noch ist da kein Messeturm, noch ist Frankfurt bodennah und die Planungsphase für die B3a erst zehn Jahre alt (am Ende werden es vierzig Jahre gewesen sein), und mein Onkel geht zum Abschied von diesem Arbeitstag in Frankfurt vom Hauptbahnhof Richtung Theaterplatz, zwischen den Altbauzeilen, für die er keine Augen hat, weil seine Sehnsucht nie rückwärtsgewandt war, oder doch nur, insofern die Vergangenheit allen Berichten zufolge größer gewesen war als die Gegenwart. In derselben Haltung steht er vor den Auslagen der Elektrogeschäfte wie vor den Bildern der Frauen, derselbe Musterungsblick, dasselbe Studium, hier sieht ihn ja keiner, den Wetterauer. Und schon wird er angesprochen von einer Frau, die auf einem Treppenabsatz steht, und hinter ihr ist eine Tür, hinter der – wie mein Onkel vermutet oder bereits weiß – das Paradies liegt. Sie nennt meinen Onkel *mein Junge* und trifft damit wahrscheinlich das Richtige, denn so sieht er gerade aus. Was tun? Kommt er zu spät nach Hause, muß er lügen. Dann muß er sagen, er habe noch eine ganz besonders schwere und schwierige Paketladung, oder der Zug sei mit Verspätung. Lügen kann er aber nicht, man merkt es gleich, wenn er lügt, daher gerät er stets in Zorn, wenn er lügt, weil schon in dem Augenblick, da er zu lügen versucht, jeder weiß, daß es gerade erlogen ist. Auch die Lüge war ihm immer von den Schultern genommen, vom lieben Gott und auf seine Weise. Ein Mensch, dem keine einzige Lüge gelang, und vielleicht hatte er schon früher, als Kind, nie gelogen, und es fehlte ihm bereits von daher die Übung. Er war ja immer stolz und glücklich gewesen, wenn seine Mutter stolz und glücklich seinetwegen war, da gab es keinerlei Abgründe in seinem Kopf, bis auf die Schläge des Vaters, aber noch auf den drei Kilometern Fußweg, die er zu Lebzeiten des Vaters jeden Tag von Bad Nauheim nach Friedberg zur Firma und zurück hatte laufen müssen, weil dieser ihn nicht in seinem Auto mitnahm, fühlte er sich ganz als der Sohn eines großen Firmenbesitzers, wenn auch gerade bloß auf Feldwegen zwischen Springkraut und Storchschnabel und Wegwarte und nicht zwischen den Steinen und den Maschinen. Man konnte auf ihn einprügeln, deshalb verlor er noch lange nicht den Glauben an die Ordnung der Dinge. Seine Geheimnisse fingen erst später an, dieselben, die ihn wohl gerade Richtung Theaterplatz, also durch das Kaiserstraßenviertel, führen. Wie entscheiden? Hier das Paradies, dort, zu Hause, das Gesetz. Die Frau auf der Treppe ist etwa fünfundvierzig Jahre alt, J. kennt sie, man muß nur einmal hier vorbeikommen, und sie steht garantiert immer da, die Fensterscheiben sind alle rot angemalt, man kann nicht hineinschauen, in der Tür hängt ein vergilbtes Plakat mit einer Frau darauf, bei der man alles sehen kann, was man soll und will. Der Gelbstich auf dem Plakat ist ganz ähnlich wie bei den röhrenden Hirschen des Försters vom Silberwald. In den sechziger Jahren hatte bereits die Gegenwart einen Gelbstich. Sehnsuchtsgebiete gleichermaßen, der Heimat- und Naturfilm wie das Kaiserstraßenviertel. Heute würde mein Onkel die ganze Nacht Fickwerbungen schauen, auf ihre Art auch Natursendungen, aber die gab es damals noch nicht, damals gab es nur die Bahnhofskinos, eine ganz eigene Welt für sich (und die Wetterauer). Die Frau auf dem Treppenabsatz schaut ihn nun aufmerksam an. Ihr Blick taxiert ihn (kennt sie J.?). Schon fast Geschäftspartner. Nimmt ihn nun ernst. Ernstzunehmender Kunde, sagt ihr Gesicht (er soll es sehen). Will ordentlich bedient werden, hat ein Anrecht darauf. *Der Kunde zählt, denn der Kunde zahlt.* Mein Onkel steht da und glotzt auf den Boden, aber da hat sich vielleicht schon der Schalter umgelegt, nun geschehen Automatismen. Hinein und gleich alles tun, schon jetzt kaum mehr auszuhalten, hinein und hinauf und heraus aus sich, er hat es jetzt ganz genau vor Augen, auch die Augen quellen schon wieder hervor, als wollten auch sie heraus aus ihm, und die Frau sagt, *na siehst du, mein Junge*, als Onkel J. nun der Treppe zustrebt mit der Frau darauf und der Tür dahinter, hinter der sich ein Labyrinth aus Treppen und Stufen und Kammern öffnen wird, der Altbau, die Frankfurter Glücksarchitektur der damaligen Zeit. (Heute sind da sanierte Wohnungen für Familien und Rechtsanwälte.) Nun hat er die Zeit vergessen, auch den Zug *retour* in die Wetterau, den er nehmen muß, nicht einmal zum Theaterplatz hat er es geschafft, und schon macht er den nächsten Schritt auf die Treppe zu, man merkt es ihm nun wohl schon an, daß er zur Treppe strebt, vielleicht merkt auch die Frau, daß es hier zu einem Abschluß kommen wird, gleich, noch eine Geste, ein Signal, und er ist Kunde, und das Glück kommt dann ganz von allein. Vielleicht hat sie *na siehst du, mein Junge* nur vorsorglich gesagt, zur letzten Überredung, ihn vor die Tatsachen stellend, als sei der Geschäftsabschluß bereits Realität, als sei er schon drin. Noch immer ein leerer Gesichtsausdruck im Gesicht meines Onkels und vielleicht die allerletzte Erinnerung an zu Hause und das Gesetz, bevor das große Nichts anbricht im Paradies für einen Moment und fünfzig Mark. Da sieht mein Onkel, daß fünf Meter weiter noch eine Tür ist. Steht auch so eine Frau und schaut, hat ihn noch nicht gesehen, man könnte ja auch da rein. Auch die Frau kennt er, sie steht nämlich auch meistens da. Sie ist etwas jünger, hat eine rauchige Stimme. Lächelt und taxiert ihn ebenfalls. Hat bestimmt noch keiner etwas gemerkt, daß er hier fast zur Treppe gekommen wäre, dann kann er also auch noch die fünf Meter weitergehen, fünf Meter noch ohne den Gesetzeskonflikt, alles noch gut, eine Welt, ganz normal, vorzeigbar, ordentlich. Jetzt steht er aber schon fast vor der anderen Frau. Die zieht die Augenbrauen hoch und lacht. Denn mein Onkel läuft wirklich wie ein kleiner Junge das Trottoir entlang, wagt gar nicht recht aufzublicken, die Hände in den Taschen. Jetzt nicht umdrehen, sondern schnell hinein, auch wenn zu Hause die sechzigjährige Mutter mit den Frikadellen wartet, die er im selben Augenblick vergessen haben wird. Ist er drin? J.? Nein, er steht herum und sieht jetzt fünfzehn Meter weiter noch ein anderes Haus. Da gehen viele rein und raus. Das Haus ist bekannt. J. hört auch auf der Arbeit oft davon. Fünfzehn Meter ist schon fast eine Welt, ein Leben. Und hinter ihm, am Dach des großen Bahnhofsgebäudes, hängt die große Uhr und beobachtet ihn. Noch kann er problemlos zurück und in die Wetterau. Die Uhr scheint ihn fast zu rufen. So ist er hin- und hergerissen zwischen zwei Welten. Einerseits kann ich mir nicht vorstellen, daß mein Onkel auch nur hundert Meter ins Bahnhofviertel geht, ohne sofort seiner Bestimmung zugeführt zu werden, andererseits kann ich mir genausowenig vorstellen, wie er den Gesetzesbezug, den ihm ebenfalls der liebe Gott mit der Zange in die Wiege gelegt hat, bzw. der betreffende Arzt, ablegen kann, ich müßte mir denn meinen Onkel vorstellen als jemanden, der aus zwei unvereinbaren Teilen besteht. Aber genau das war vermutlich der Fall. Und selbst wenn sein Leben jeweils nur aus einer Hälfte bestand, bestand sie doch aus zwei, denn die eine war immer dazu da, die andere zu unterdrücken. So kann man wechselweise in meinem Onkel entweder den Triumph der Natur über das Gesetz oder den Triumph des Gesetzes über die Natur sehen. In Wahrheit aber steht er genau dazwischen und ist vermutlich beidem völlig wehrlos ausgeliefert, und daher ist in ihm das damalige Frankfurter Kaiserstraßenviertel am besten auf den Punkt zu bringen. Deutschland, das geheime Land, mein Onkel, der geheime.

Aber diesmal taumelt er noch eine Weile über die Straße, bekommt dann von hinten auf die Schulter geklopft, ein Arbeitskollege mit letztem Zwiebelbutterbrot aus der Brotzeitdose in der Hand, der irgendwohin nach Hause strebt, in der einen Hand das Brot, in der anderen eine Zigarette, das Brot kommt von seiner Frau zu Hause, die Zigarette von Marlboro. Ein kurzes Gespräch, ein Blick zurück, die Uhr, und wieder wird der Schalter umgelegt, Onkel J.s Wesen springt auf die andere Seite, und der Wetterauer geht nun schnellen Schrittes zum Hauptbahnhof zurück. Ist alles gut und in Ordnung, die Welt ist heil, und das soll auch so sein, nichts ist geschehen. Froh, mit hellem Gemüt fährt er nach Hause und ist glücklich, daß alles seine Ordnung hat und er auch. Jederzeit eine vorzeigbare Existenz, alles andere kann er der Mutter ja gar nicht ... und auch in Ehrfurcht vor dem Vater *in memoriam*. Auch die Schwester, sie leitet jetzt den Steinmetzbetrieb und macht die ganze Firma, auch sie hat einen ordentlichen älteren Bruder verdient, der zum familiären Einkommen beiträgt, in Frankfurt auf der Post, fast ein Beamter, den Posten hat ihm der Rechtsanwalt verschafft. Weiß J., daß er gerade versucht worden ist? Oder hat er sich bereits an die Versuchung gewöhnt, die Versuchung und die Erfüllung, wie an eine Zigarette, jederzeit greifbar und bereit? Keiner kann es wissen, es war ja nie jemand dabei. Ich auch nicht. Mein Onkel in Frankfurt, allein, wie er da herumläuft. Aber jetzt ist er heil und gerettet und geht zurück zum Hauptbahnhof, Rückkehr vom Arbeitstag, Feierabend, verdient, die Mutter begrüßen und dann in den Wald, fast ein Märchen. Oder er ist dem Arbeitskollegen gar nicht begegnet, stand auch nicht vor dem weiteren Haus, auch nicht vor der zweiten Dame, sondern ist schon der ersten Frau gefolgt und ist jetzt ihr Junge, wie er, nun drinnen, gleich geschäftsmäßig abgehandelt wird, denn kaum hat er die Pforte zum

Paradies überschritten, wird alles gleich auffallend sachlich und geradezu formal, ähnlich wie in einer Arztpraxis, nur mit ganz anderer Einrichtung und ganz anderen Farben, hier herrscht gerade viel Rot vor, gemischt mit einem üppigen Grün, die Farben ebenso übertrieben sinnlich, wie sie bei einem Arzt schon damals ausgesucht steril waren, schon meine frühsten Arztpraxen waren meistens nur noch weiß, als Vorstufe zum Himmel. Onkel J. wird nun herumgereicht, er ist, obgleich Kunde, der zahlt und zählt, eigentlich nicht mehr so recht Herr des Geschehens, das liegt unter anderem daran, daß er zeitlebens völlig unfähig zu einem respektgebietenden Auftritt war. Keinerlei Dominanz konnte er ausstrahlen, zeitlebens nicht, nur immer das genaue Gegenteil. Alle machten auch hier immer nur mit ihm, was sie wollten, auch wenn er es vielleicht sogar selbst wollte. Ein Mensch, der schon gegen meinen Bruder und mich unterging, wenn es sich nur um die Bergrettung handelte, im Fernsehzimmer in der Wetterau, konnte in den Frankfurter Altbauten wohl letztlich nur herumgereicht werden wie im Krankenhaus von einer sinnlosen Untersuchung zur nächsten, Hauptsache, sie bringen alle Geld. Schon im Eingangszimmer muß er ganz in sich zusammengefallen gewesen sein. Denn auch hier war er ja plötzlich in Autoritätszusammenhängen, wie zu Hause, wie auf dem Gelände der Steinwerkefirma, wie im Frankfurter Hauptbahnhof bei der Paketpost. Nirgends hatte er etwas zu sagen. Jetzt setzen Sie sich erst mal ins Wartezimmer, hieß es beim Arzt, jetzt setz dich erst mal da hin, hieß es auf der Kaiserstraße, da, auf den Stuhl! Denn sie hatten ihn gleich erkannt in seinem hoffnungslosen Wesen und wußten, den kann man behandeln, wie man will, der ist ungefährlich und bringt vermutlich sowieso nichts zustande. Einer aus der letzten Reihe. Der wird nie sagen, die und die will ich, dem zeigt man gleich den letzten Schund, den man hat, der soll froh sein, daß er für sein Geld überhaupt darf. Sein Geld riecht ja auch nicht. Das einzige, was an ihm nicht riecht, ist das Geld. Sie setzen meinen Onkel erst einmal auf ein Wartebänkchen oder einen Wartestuhl oder an die Bar, und vielleicht wird er da sogar eine Zeitlang einfach vergessen, er macht ja nichts, er wartet nur. Er wartet, als stehe er mal wieder herum. Jedem (jeder), der (die) vorbeikommt, folgt er hündisch mit dem Blick, schauend, ob er angeschaut werde, ob er beachtet werde. Wird er aber nicht. Vielleicht ist es Winter, und er hat seine Tschapka in der Hand. Was wäre, wenn er jetzt jemandem begegnete? Ich glaube, er wäre ganz freundlich und verhielte sich genauso, als wenn er dem Betreffenden in Bad Nauheim auf der Straße begegnete. Wahrscheinlich ohne jedes Sünderbewußtsein. Ich male mir nämlich aus, der ganze Vorgang habe für meinen Onkel einen bloß, im weitesten Sinne, technischen Charakter gehabt. Scham kannte er wohl nur seiner Mutter und seiner Familie gegenüber. Ich glaube, er hätte eine Begegnung dort beim Warten, Mütze in der Hand, nicht einmal als Anlaß für den Beginn einer schmierigen Vertrautheit genommen. Er hätte gesagt *ei Wolfgang grüß dich* oder *ei Kallheinz grüß dich* und hätte gleich Neuigkeiten vom Forsthaus Winterstein erzählt, oder vom letzten Waldgang, wo er vielleicht mal wieder den größten Hirsch seines Lebens gesehen hatte, überhaupt den größten Hirsch im ganzen Usatal vermutlich. Über die Frauen, um die es doch ging (aber ging es um sie?), hätten sie gar nicht gesprochen, und sicherlich wäre der Wolfgang oder der Kallheinz viel schneller drangekommen als mein Onkel, der jetzt schon den ersten Zug verpaßt hat und immer noch wartet. Jetzt kauft er ein teures Bier für zwölf Mark, weil er es soll. Auch wenn die Damen des Etablissements weitgehend entblößt an ihm vorbeikommen, geschäftsmäßig und immer mit etwas anderem beschäftigt, sucht er nach einem Krumen Aufmerksamkeit, nicht beleidigt, sondern nur ein bißchen traurig, mit Dackelblick. Und er schaut ihnen nicht einmal auf Busen und Hintern, er taxiert sie nicht, dafür ist er auch hier nicht dominant genug, es gehört ja ein gewisses Selbstbewußtsein dazu. Nein, er ist hier untergeordnet wie zu Hause. Immerhin darf man rauchen. Dann ertönt ein Ruf. He du da! Mein Onkel blickt auf, stelle ich mir vor.

3

Manchmal glaube ich, J. hatte, zumindest in gewisser Weise, kein Erinnerungsvermögen. Natürlich erinnerte er sich an Dinge. Ohne das hätte er nie etwas lernen können. Er hatte immerhin eine Führerscheinprüfung gemacht, auch wenn diese damals noch ganz anders aussah als heute. Er wußte im Keller den richtigen Schraubenzieher für die richtige Schraube in die Hand zu nehmen (auch wenn nichts Sinnvolles darauf folgte, sondern wie gesagt nur eine Scheinhandlung). Und freilich erzählte er oft und lange, was er gestern im Forsthaus Winterstein oder im Jagdhaus Ossenheim oder im Goldenen Faß oder der Schillerlinde erlebt hatte, das heißt, wer da gewesen war und was erzählt hatte. Aber in gewissen Erlebnissphären wurde »Erinnerung« bei meinem Onkel gänzlich unterdrückt, scheint mir. Vor allem immer dann, wenn ihm Böses geschah. Wenn wir ihn im Fernsehzimmer quälten und zur Weißglut brachten (Weißglut, ein Wort, das ich stets in Zusammenhang mit meinem Onkel gehört habe, die Großmutter sagte immer, ihr habt ihn wieder zur Weißglut gebracht), dann hielt er zwar meistens irgendwann nicht mehr an sich und rannte uns hinterher, und wir davon, denn er wollte dann unbedingt doch endlich zuschlagen, aber war die Weißglut erloschen, war es nicht nur so, als sei nie etwas gewesen, sondern dann war er uns gegenüber sofort wieder genauso gutgläubig wie am Anfang. Er traute uns wieder und machte erneut dieselben Fehler, so ging es immer wieder von vorn los, als habe das letzte Mal gar nicht existiert. Bei seinem Vater und dem Lederriemen stelle ich mir das genauso vor, und das muß einer der Gründe dafür sein, warum Onkel J. nie in seinem Leben ein schlechtes Wort über seinen Vater gesagt hat. Dieser schlug ihn und verachtete ihn, heißt es, aber schon in dem Augenblick, da es geschah, war es wie nicht da, wie nicht wahrgenommen, und es blieb nichts davon übrig außer vielleicht einer schleichenden Angst, einer gewissen Vorsicht für alle Zukunft. Für J. war es vermutlich bloß Respekt. In der Schule muß es besonders fürchterlich gewesen sein. Er war dünn wie ein Strich, seine Beine besaßen kaum Waden, die Arme waren wie Stöcke und der beschädigte Kopf viel zu groß obendrauf gesetzt, aber auch da stand er am Folgetag wieder mit der gleichen Gutgläubigkeit und Anhänglichkeit bei denen, die gestern noch in ihn hineingetreten hatten, als ginge es um ihr Leben, und dabei ging es um seines. Er hängte sich immer an seine Unterdrücker, leider, sie hatten ja Macht über ihn, und jedweder Macht gegenüber war er voller Respekt, er bewunderte sie, Macht war natürliche Autorität, und dieser sich zu unterwerfen hatte etwas von Ordnung, von Disziplin, da konnte man seine Aufgabe erfüllen, gleichsam als unterer Dienstrang, den er immer einnahm im Leben. Der Schulhof war eine Wehrmachtsordnung im kleinen. Wie er sie anbeten und anhimmeln konnte, die Chefs! Seine Mitschüler machte diese Anhänglichkeit natürlich nur um so aggressiver. Da war jemand, der sich jeden Tag bereitwillig als Opfer darbot, und je mehr man zuschlug und zutrat, desto loyaler band er sich an einen. Das kannten sie nicht. Das überforderte sie. Da mußten sie gleich wieder zuschlagen. Sie machten es vielleicht gar nicht bewußt, vielleicht konnten sie sich selbst nicht wehren gegen diesen Allzuschwachen, seine Schwäche reizte sie. Man schlug fast automatisch zu. Er war ja am nächsten Tag wieder da, wie ein Hund, der einem nachläuft. Man konnte an ihnen studieren, was es heißt, das Lebendige (meinen Onkel, es hätte auch ein Wurm sein können) mit Lust zu quälen. Aber es gab immerhin noch seine Geschwister. Besonders seine Schwester konnte zur Furie werden, mit Schlägen und Tritten ihrerseits, wenn es um Rache für ihren älteren Bruder ging, auf diese Weise hatte sie sich konsequent Respekt verschafft an der Schule (später übernahm sie sein Erbe, notariell vereinbart unter Mithilfe meines Vaters). Das führte bei den Mitschülern natürlich dazu, daß man sich, kaum war die Schwester weg, gleich wieder an J.

rächte. Am nächsten Tag ging es folglich doppelt so hart zu. Aber auch das hatte er schnell vergessen. Bis man ihn schließlich ins Rheinland schaffte, um ihn zu retten vor seinen Mitschülern. Auch nach dem Zuhauen war er stets so, als habe man ein Teil seines Wesens wieder zurückgesetzt, wieder in den Urzustand, wo es noch keine Schuld und keine Gewalt gegeben hatte, nur die Zange und die Mutter, seine beiden Urmotive. Ob er uns geschlagen hatte in seiner Weißglut oder ob er, Jahrzehnte zuvor, vom Vater oder den Bad Nauheimern geschlagen worden war, ohne etwas zu spüren außer der andauernden Demütigung, gleich darauf war er wieder wie ein Kind, in dessen Welt noch nichts Böses erschienen war. Als Jugendlicher stellte ich mir so immer einen Amokläufer vor: Es kommt einem sofort nach der Tat alles normal vor, bzw. man hat gleich wieder alles vergessen, unschuldig wie ein Neugeborenes, nur daß jetzt ein Leichenberg hinter einem liegt, was man nicht ganz begreift. Im Falle meines Onkels wären der Leichenberg wir gewesen, die Familie und vielleicht ganz Bad Nauheim, vielleicht sogar die ganze Wetterau, hätte er nur eine hinreichende Waffe gehabt. Anschließend hätte er vor dem Leichenberg gestanden und wieder einmal gewartet, daß ihm jemand sagt, wie es weitergeht. Allerdings war mein Onkel einer der ganz wenigen Menschen, die von sich aus nicht zum Sadismus neigten. Menschen um der Unterhaltung und der Freude willen zu quälen, das gab er nicht her. Wenn Schüler X am Boden liegt und es jedem im Augenblick des Tumults freigestellt ist, dem am Boden Liegenden noch einmal ganz ohne anschließenden Rechenschaftszwang in die Seite zu treten, dann hätte J. nicht zugetreten, er hätte keinen Bezug dazu gehabt, es wäre ihm ebenso fremd erschienen wie eine Oper von Wagner oder eine komplizierte Rechenaktion. Es kam in seiner Welt nicht vor. Lieber rettete man am Berg. Oder auf hoher See. Oder seinen Kameraden in Rußland (der Kamerad kann noch mit hinein in den eigenen Panzer, und dann unter Heldenmut wieder die eigenen Linien erreichen und in Sicherheit; Rapport, Lob und hohe Anerkennung, Medaille sogar). Ich kann ihn mir auch nicht vorstellen als jemanden, der spaßeshalber Insekten oder Singvögel zerteilt oder der, wie es bei uns in der Nachbarschaft früher üblich war, Meerschweinchen gegen die Wand wirft, um zu sehen, was passiert … ein Sport unter Kindern Anfang der siebziger Jahre, als Meerschweinchen in Mode waren. Fast alle Meerschweinchen in meiner Umgebung waren zum Tode verurteilt, wenn es Kinder in der Familie gab. Allerdings gab es immer Kinder in der betreffenden Familie, denn sie waren ja der einzige Grund, warum die Meerschweinchen überhaupt angeschafft wurden. Waren die Eltern aus und gingen essen zum allerersten Italiener in Friedberg oder zum allerersten Jugoslawen oder noch in die Schillerlinde oder ins Goldene Faß, dann flogen zu Hause die Meerschweinchen gegen die Wand, man sah es ihnen anschließend ja nicht an, sie waren nur tot. Das plötzliche Meerschweinchensterben, das die Eltern für eine Art von natürlichem Spontantod hielten, als habe das Meerschweinchen eine begrenzte Haltbarkeit, zuchtbedingt. Als müsse eigentlich ständig mit dem Ableben gerechnet werden, und dann kaufte man ein neues. Kaum ging ich in ein Nachbarhaus oder das Haus eines Mitschülers, war jedesmal wieder ein neues Meerschweinchen da. In anderen Häusern starben Kaninchen. Ein Nachbarsohn nahm sie am Schwanz, vielleicht auch an den Hinterläufen, ich weiß es nicht mehr genau, schwang sie durch die Luft und drosch sie dann an die Garagenwand, es floß mitunter Blut bei dieser Methode, denn die Wand war grob verputzt, und schon beim Schwungholen rieb das Kaninchen manchmal über den Putz, sei es mit Absicht, sei es ohne. Anschließend wusch man einfach die Wand ab. Von den Aberdutzenden Käfigvögeln ganz zu schweigen, die in meiner Nachbarschaft hinweggerafft wurden durch die Kinder, also die Menschen. Und immer schien es eine Art Generationenvertrag zwischen den Eltern und den Kindern zu geben, als sei Sinn des Haustiers, daß die Kinder im Kleinen üben könnten, was sie später im Großen zu erledigen hätten, es war eine Schlächterei wie im Bürgerkrieg oder vielleicht eine Ersatzhandlung dafür, als gehörte das zum Menschen unabdingbar dazu, was sie ja vielleicht auch glaubten, auch wenn sie es nicht aussprachen. Nein, mein Onkel wurde nur dann aggressiv und schlagbereit, wenn er auf etwas reagierte, es mußte dem ein von außen kommender Reiz vorausgehen. Er neigte aber überhaupt erst in der zweiten Hälfte seines Lebens zum Zuschlagen, wenn er zu sehr gequält wurde, da quälten aber nur noch wir ihn, wir Kinder, die Bad Nauheimer schlugen bei ihm nicht mehr zu. Und genauso, wie er fremdes und eigenes Zuschlagen nach kurzem wieder aus seiner Erinnerung gelöscht hatte, vergaß er, stelle ich mir vor, alles das, mit dem er dem Gesetz widersprach, ebenso schnell wieder. So sehe ich meinen Onkel nie als jemanden vor mir, der längere Minuten seines Lebens, egal was er eben getan hatte, von einem irgendwie schlechten Gewissen geplagt worden wäre. Es war immer nur seine Natur, die ihn auf all das hin geschaffen hatte. Zwar wußte er um Verbote, und er kannte die allgemeinen moralischen Verpflichtungen, die Anstandsgebote, die er stets mit der Vorstellung seiner eigenen Mutter verband, also, kurz gesagt, daß man immer ordentlich und anständig bleiben und der Familie keine Schande machen soll. Aber weil er so wehrlos war, ging er immer wieder unter. Allerdings tat er das auf seine eigene Weise, nicht auf die übliche, denn mit den üblichen Menschen hatte mein Onkel nichts zu tun, mag da die Zange ein Glück oder ein Unglück gewesen sein. Andere in seiner Umgebung suchten stets Verbündete für ihre Schweinereien und schafften sich ein Ventil, indem sie zotig wurden. Zu zotigen Verbrüderungen neigte mein Onkel nicht, auch nicht in der Wirtschaft. Ich glaube, so etwas kam in seiner Welt gar nicht vor. Höchstens, um doch wieder irgendwo dazuzugehören. Er konnte auch keine Witze erzählen. Eigentlich konnte er gar nichts erzählen, nur von seiner Begeisterung für die Dinge konnte er erzählen. Und so sehe ich meinen Onkel als jemanden, der, während er aus Frankfurt nach Hause fährt, bereits wieder ganz auf Null gestellt ist und sich nur noch auf den Wald freut und das anschließende Bier, ordentlicher Tagesablauf, das macht man so, die Mutter soll es wissen, dann wird sie zufrieden und beruhigt sein. Wie ein Kind steht er jetzt am Zug, der pünktlich einfährt und pünktlich abfährt, ein Kind, das ganz ruhig ist, weil es weiß, es hat alles richtig gemacht der Bezugsperson gegenüber, mit der es immer in Verbindung steht, der Mutter, er hier am Frankfurter Bahnhof, sie in der Bad Nauheimer Küche, aber beide doch nicht weiter auseinander, als sich ein Entenjunges auf dem großen Bad Nauheimer Teich von seiner Entenmutter entfernt, beide stets in Hörweite bleibend. Die Enten müssen sich nicht sehen, sie können auch rufen. So ist das Entenjunge stets unter Aufsicht und in

Sicherheit und weiß sich geborgen und eigentlich noch im Paradies, und so war es bei meinem Onkel auch, die Mutter im Kopf, sie war immer anwesend, und er wollte vor ihr alles richtig und anständig machen. Auch wenn er vielleicht oft das genaue Gegenteil tat. So, wie ich ihn kennengelernt habe, war das sein einziges Glück, sein einziges wirkliches, bis zum Tod seiner Mutter, nämlich der Gehorsam ihr gegenüber, die nichts weiter von ihm wollte, als daß er anständig bleibe und niemandem eine Schande mache und vor allem auf sich aufpasse, am liebsten hätte sie ihn vermutlich sowieso nie aus dem Haus gelassen, aus Angst um ihn. Denn natürlich kannte sie ihn genau. Nur kam nicht alles zur Sprache. Einiges nie, bis zum Tod aller Beteiligten nicht, und daß sie die Dinge ungesagt mit ins Grab nahmen, war vermutlich die einzige Möglichkeit, die sie hatten.

Mit seinem Vater muß es anders gewesen sein. Nach dem Rheinland mußte J. in der Firma helfen, unter den Augen seines Vaters, der ihn ja immer mit Mißfallen betrachtet haben soll. Wenn J. nach den Aushilfstätigkeiten seine drei Kilometer zu Fuß nach Hause zurückkehrte ins benachbarte Bad Nauheim, dann lief er den Weg, den ich in seinem Angedenken oder als sein Wiedergänger auch oft gelaufen bin in den letzten zehn Jahren, nämlich am Kühlen Grund vorbei und dann durch die Talaue an der Usa, unserem Fluß, entlang, bis hin zu den Schrebergärten

Nauheims. Wenn man jetzt diesen Weg gehen will, kann man ihn gar nicht mehr gehen, weil da nun die Trasse der Ortsumgehungsstraße verläuft. Da, als dieses *da* noch existierte, lief mein Onkel entlang, um nach Hause zu kommen, also zu dem Haus, zu dem mein Großvater zur selben Zeit mit seinem Wagen fuhr, ich weiß nicht, welcher Marke, es war lange vor meiner Zeit. Damals, nach dem Rheinland, wurde mein Onkel größer und größer, er war nun schon siebzehn, achtzehn Jahre alt, aber seine Beine waren immer noch so dünn, als könne er kaum auf ihnen stehen und als müßten sie gleich zusammenbrechen. Auch die Ohren standen nach wie vor so ab, als wollten sie hinaus aus ihm, wie seine Augen. So lief er seine täglichen Kilometer durch die Wetterau und die Wetterauer Natur, das heißt über die Wiesen und die Felder, die die Bauern angelegt hatten, und gewöhnte sich langsam an all das, irgendwoher mußte er ja seine Naturbegeisterung haben, oder war sie ihm einfach angeboren? So gewöhnte ihn vielleicht der angebliche (ich weiß es ja nicht, ich hörte ja nur davon) Haß seines Vaters an die Usa, die Wetterau und den Wald und von da vielleicht an Heino und das deutsche Liedgut und an Luis Trenker, die Bergrettung, die Wehrmacht, die Heldenflieger und Heldengeneräle und überhaupt die alte, große Zeit (über die schon damals keiner mehr sprach, was J. auch nur immer so hinnehmen konnte, ohne es wirklich zu verstehen). So war er also Teile seiner Jugendtage immer ein nach draußen Verwiesener, und vermutlich hatte er dort draußen Ruhe vor so manchem und am Ende vor sich selbst. Insofern war sein Vater sogar prägender als seine Mutter, denn der Vater gab ihm eine Welt, die täglichen drei Kilometer und damit vielleicht die ganze Wetterau bis hin zum Forsthaus Winterstein, wo J. hinging, genauso, wie ich später wegen J. auf den Friedhof ging, wenn er zu uns nach Hause nach Friedberg kam und ich nicht mehr atmen konnte und folglich an jedem Wochenende die Grabsteine auswendig lernte. J.s Mutter war dagegen immer nur das Zuhause und das Gesetz. Andererseits, hätte es nur sie gegeben, hätte er nie fliehen müssen. Drei Kilometer, mein Onkel jeden Tag allein mit sich, mit siebzehn, mit achtzehn, vielleicht hat er dort seinen ersten Eisvogel gesehen, vielleicht fing alles da für ihn an, und in den Wirtschaften durfte er Bier trinken, was er in der Firma wahrscheinlich nicht durfte, und vielleicht war die Wirtschaft für ihn von Anfang an folgendes: Dort konnte er nachahmen, wie sie in der Firma Bier tranken, am Kran, in den Hallen, in den Fahrerkabinen, und so konnte er in den Wirtschaften doch auch ganz gut zu den Steinwerken Boll dazugehören, irgendwie. So lernte er durch diese drei Kilometer (es lag auf dem Weg eine Gastwirtschaft, Zum Kühlen Grund) sowohl die Blumen und Tiere als auch das Bier und die Gastwirtschaft kennen, vielleicht als fast ein und dasselbe von Anfang an (am liebsten ging er in Gastwirtschaften, zu denen er erst durch einen Wald hindurch mußte). Die Jägerei war dann später für ihn die Summe aus beidem. Ein Jäger jagt im Wald und geht dann in die Waldwirtschaft. Vielleicht das Optimum für meinen Onkel. Vielleicht der beste Teil der Welt, die Jägerei und die Waldwirtschaft.

4

Noch hat J. den ganzen Nachmittag vor sich und vor allem den heutigen Feierabend. Gerade erreicht er Bad Vilbel. Die Wetterau scheint ihm schon entgegen, vielleicht ist es ein sonniger Tag. Links die Nidda, Spaziergänger, die haben alle nichts zu tun und spazieren schon um drei Uhr am Ufer entlang. Manchmal sieht J. einen Feldhasen. Dann springt er fast aus dem Sitz und hätte am liebsten seinen Feldstecher dabei, aber der ist zu groß. Ein alter Feldstecher, wie für die Jäger oder das Militär, abgegriffen und riecht auch schon sehr nach meinem Onkel (heute steht er im Schrank in der Uhlandstraße und riecht immer noch nach ihm). Man könnte auch einen Eisvogel sehen. Auch wenn der Zug gut fünfzehn Meter von der Nidda entfernt vorbeifährt, einen Eisvogel, wenn er am Uferrand aufliegt, würde man ohne weiteres erkennen. Vielleicht steht mein Onkel am Fenster und wartet auf den Feldhasen oder den Eisvogel. Vielleicht ist es im Jahr der Mondlandung, als er gerade in die Wetterau zurückkommt, in seine Heimat. Da war ich zwei. Deutschland im Jahr 1969, ein Land noch vor dem ersten Verkehrskollaps. Ein Land ohne Ortsumgehungsstraßen. Hin und wieder fährt noch ein Pferdefuhrwerk auf der Landstraße. Wenige Jahre später fuhren dann schon alle Auto.

Auch auf dem Mond würden sie schon bald nichts anderes im Sinn haben, als Auto zu fahren. Schon der siebte Mensch auf dem Mond war ein Autofahrer. Erst wollten sie bloß zum Mond, aber kaum waren sie da, wollten sie auch schon Auto fahren und brachten bald darauf das erste Auto mit. Sie hätten ja auch ein Kreuz mitbringen können oder eine kleine Kirche, zusammenfaltbar wie ihr Automobil oder ihre Lunafähre, wenigstens eine Madonna oder eine Reliquie hätten sie mitbringen können, oder zumindest den Ast irgendeines Baumes, als Zeugnis von der Erde, aber sie brachten lediglich Fotoapparate, Golfschläger und Autos mit, so waren sie.

Immer wußten die Menschen nicht weiter, kaum waren sie irgendwo, sei es zu Hause, sei es auf dem Mond. Es war überall dasselbe, wo sie waren, mußte gleich etwas her, damit sie es aushielten, die Menschen. Und sie waren doch sogar nur zwölf auf dem Mond. Und schon die hielten es nicht aus. Schon bei der dritten oder vierten Mondfahrt brauchten sie ein Auto, und beim ersten Mal waren sie noch glücklich gewesen, überhaupt einmal ausgestiegen zu sein, zu Fuß. Am Anfang waren sie noch Fußgänger gewesen, wie meine Urgroßmutter Else in der Wetterau, die Tag für Tag von Friedberg nach Nieder-Mörlen lief, sieben Kilometer hin und sieben Kilometer zurück. Am Anfang war es noch ein Fußschritt für die Menschheit, drei Jahre später (das war schon das Ende mit dem Mond, anschließend fuhren sie schon nicht mehr hin) war es bereits eine Fünfunddreißig-Kilometer-Sightseeing-Tour mit angeschlossenem Golfprogramm. Sie mußten oder wollten sogar Golf spielen da oben oder da unten (je nachdem). Das sind die Bilder, die die Menschheit angebetet hat: zwei weiße Figuren in der vollkommensten Einöde, die man sich denken kann. So öde, daß es auch die Studios von sonstwo sein könnten (nicht genügend Sand, um einen richtigen Berg zu bauen). Zwei einsame Menschen mitten im Irgendwo, angewiesen auf ein notdürftig zusammenimprovisiertes Gerät, eine Art Notnagel, um die große Einsamkeit bis zu einem Wieder-zu-Hause-Sein (was das für die wohl war?) zu überbrücken. Alle Apolloraketen warfen sie gleich wieder weg, das gehörte dazu. Sie starten und sind Müll. So denken Menschen, und das konstruieren sie. Da haben sie ein schlechtes Gewissen wegen der Vögel im Evangelium, weil sie so nicht leben wie die Vögel im Evangelium, und eifern vielleicht aus diesem schlechten Gewissen auch noch den Vögeln nach, wollen fliegen, und entfernen sich dadurch noch um so mehr von den Vögeln im Evangelium, so dreht sich immer alles im Kreis bei uns und abwärts. Und dabei hat doch jeder Tag seine eigene Last und seine eigene Mühe. Abwärts, das ist immer unsere Richtung, auch wenn es auf den Mond hinaufgeht. Menschen in der komplettesten aller Einöden, und wir himmelten das an im Fernsehen. Mein Onkel, hätte er einen Raumanzug angehabt, wäre er auf dem Mond gewesen, es hätte für ihn vielleicht sogar eine siegreiche Teilnahme mit seiner Panzerdivision am Rußlandfeldzug ersetzt. Ich sage vielleicht, denn sicher bin ich mir da nicht. Mein Onkel saß bei jeder Mondlandung vor dem Fernseher, ich ja sogar auch und erinnere mich noch daran, ich war gerade einmal fünf, da hatte es doch eben erst angefangen und hieß es schon wieder, es sei jetzt vorbei mit dem Mond. Für mich war die letzte sogenannte *Mission* (ein Wort, daß ich als Kind eher im kirchlichen Zusammenhang kannte) schon völlige Routine, der Start war wahrscheinlich bereits mein vierter, die Mondautos baute währenddessen mein Bruder schon als Modell nach, auch die Apollorakete, zerlegbar in alle Stufen und mit herausholbarer Landefähre, einen Meter hoch ragte sie im Zimmer meines Bruders. Der Start im Fernsehen, und dann kamen Berichte über den Flugverlauf, und alle waren ab dem dritten oder vierten Flug gelangweilt, eigentlich wollte gar keiner mehr hinschauen, keiner verstand, warum noch dauernd darüber berichtet wurde, nonstop. Ich selbst war erst fünf und dennoch schon gelangweilt, aber natürlich nur, weil schon alle gelangweilt waren. Es war wie auf dem Mond. Dort mußte alsbald ein Mondmobil her, um es noch auszuhalten, und auch auf der Erde mußte schon bald wieder etwas ganz anderes als der Mond und die Leute auf ihm her, die Mondfahrerei hielt nicht lange vor. Ein Jahrzehnt angestrebt, gerade einmal drei Jahre praktiziert, dann waren alle gleich schon wieder angeödet, und sogar mein Onkel fand die alten Bergrettungsfilme mit Luis Trenker wieder spannender als die Mondlandungsübertragungen mit Expertenrunden und Expertisen in ARD und ZDF. Sogar er schaltete schon wieder um. Noch das Stahlnetz und der Kommissar hatten, *summa summarum*, länger vorgehalten als die Apollo-Fortsetzung auf dem Mond, der übrigens, wie ich mich zu erinnern meine, damals in all den Übertragungen nie romantisch besetzt war (trotz all der, wie es immer heißt, Liebenden unter ihm), weil nämlich plötzlich die Erde romantisch besetzt war, weil man sie nämlich zum erstenmal sah. Sie sahen die Erde zum ersten Mal, und alle meinten, es verändere alles, es verändere sie, die Betrachter, und es verändere die Welt (daß man sie sieht), und es veränderte natürlich nichts. Es war ja nur eine Fotografie. Es waren nur Medien. Die (wir) Menschen sahen 1969 die Erde zum erstenmal aus der Distanz, und alle waren erstaunt und hielten das für einen Fortschritt und die Erde plötzlich für schön wie vorher zum Beispiel Marilyn Monroe. Die Erde wurde plötzlich telegen, man kann sie auf einmal fotografieren, die Magazine wollen das, endlich ein Motiv, die Erde als Motiv, und dann so blau, und auch so weiß, und überhaupt so schön. So war mein geburtsbehinderter Onkel J. nicht. Der hielt die Bilder von der blauen Erde ausschließlich noch für Fortschritt, die verwechselte er nicht mit dem deutschen Wald und dergleichen, da interessierte er sich eher für das Kameramodell, mit dem die Erde von außerhalb fotografiert wurde, und nicht für die Erde selbst. Anderen war sie plötzlich schön wie ein Schwan. J. aber hatte sein Naturempfinden nicht aus dem Fernsehen, auch wenn er Naturfilme schaute. Für meinen Onkel waren die Apollo-Raketen eine Art von Super-VW-Variant, daß das alles etwas mit Vogelsang und Feldern und Wiesen zu tun haben könnte (wie später für die Anhänger der apollogeschaffenen Idee vom blauen Planeten), war ihm noch nicht geläufig, und das hätte er auch nicht verstanden. Im Forsthaus Winterstein hat auch zur Zeit der Mondlandungen nie ein Fernseher gestanden. Und die Rehe dort und die Hasen und Füchse wissen von alldem ohnehin nichts.

Mein Onkel kommt in die Wetterau zurück. Wie immer hat man kurz hinter Bad Vilbel, wenn es über Dortelweil geht, das Gefühl, alles sei plötzlich ein bißchen heller und der Himmel eine Spur blauer. Das ist das Wetterauer Blau, plötzlich ist es da und empfängt einen (das können aber nur die Wetterauer sehen, ich glaube, man braucht Jahre, bis man es erkennen kann – ich bin da aufgewachsen). So kommt man in die Wetterau. Eine Autobahn mit angeschlossener Ortsumgehung. Und im Sommer wird es gleich zweimal hell, das ist einmal der Raps, und dann ist es das Korn, das auf den Feldern steht und immer gelber wird, am Ende wird es sogar golden. Kurz vor Ende des Sommers ist die Wetterau dann eine völlig gelbe Landschaft mit einem völlig blauen Himmel darüber, und damals waren ja auch die Städte noch nicht so groß, allein schon Friedberg war nur halb so groß, als sie auf dem Mond herumfuhren, was man nicht mit bloßem Auge sehen konnte, nur vorstellen konnte man es sich: da oben fahren sie jetzt gerade mit einem Auto herum, lassen es dann stehen und fliegen wieder weg, um gleich ihre ganze Rakete wegzuwerfen, sie fliegt dann auf immer durchs All und immer weiter weg von der Erde und der Wetterau, die man auf keinem Foto des blauen Planeten erkennen kann, da müßte man schon näher heran. Erst an den Ausläufern des Taunus wird es wieder grün, da beginnt dann der Wald, die eigentliche Region meines Onkels. Draußen ist nun der hellste Moment des Tages, die Maschinen fahren gerade übers Feld, da hat mein Onkel natürlich nur Augen für sie. Vorne auf dem Feld sieht er eine besonders große Maschine, drei Bauern stehen um sie herum (ein anderer fährt gerade den Hänger weg), dann hat der Zug das Feld auch schon passiert, jetzt muß mein Onkel bereits den Kopf nach hinten drehen, um die große Landmaschine noch zu sehen, da ist sie schon weg. Landmaschinen, wie sie früher überall als Modelle in den Spielzeugläden herumstanden, zur Einübung, ein Fendt, ein John Deere. Mit ihnen konnte man jederzeit Wetterauer Landwirtschaft spielen, auch wenn schon längst kaum mehr ein Wetterauer Landwirt wurde. Man konnte mit dem kleinen Spielzeugmähdrescher (für ein Kind ist er in Wahrheit riesengroß, wie ein Haus) über das eigene Gras im Vorgarten mähen und stellte sich dann vor, wie das Korn oben aus dem Rohr hinausschießt, genau in den Hänger hinein. Der Hänger steht ebenfalls im Vorgarten, als Modell. Ein Trecker steht auch da. Entweder mit Pflug, zusätzlich hinten angebracht, was aber sinnlos ist, denn der Trecker soll ja gerade den Hänger aufs Feld fahren, um das Korn zu holen, nicht um zu pflügen, aber als Kind will man immer alles gleichzeitig machen, und alle Technik muß möglichst gleichzeitig an ein und denselben Trecker angehängt werden, der damit gleich ein Supertrecker wird, und daher am liebsten noch die riesige Unkrautvertilgungsspritzmaschine gleich mit angebracht. Manchmal konnten sie sogar fliegen, die Trecker. Solange die Flugzeugmodelle die Wetterau noch nicht massenhaft erreicht hatten, mußten einstweilen die Treckermodelle zum Fliegen herhalten, bisweilen sogar mit Hänger, und auf jeden Fall mit Spritzmaschine (zehn oder zwölf Meter breit ist so eine Spritzmaschine, und als Spielzeug eigentlich noch breiter, die Spritzmaschine sieht selbst fast aus wie ein Flugzeug). Dazwischen im Vorgarten natürlich immer mehr kleine Matchboxautos, denn auch für die Kinder wurde das Fahren immer wichtiger und ersetzte in der Wetterau wie andernorts bald alles andere schon lange vor der ersten Ortsumgehungsstraße. Selbst die Schießgewehre (»Du bist tot!«) wurden links liegengelassen, als die Automobilmodelle kamen. Bald fuhren alle, auch im Spiel. In meiner Kindheit saßen die Wetterauer Kinder zu Hause herum, noch ohne Ortsumgehungsstraße, und übten sich schon in die Zukunft ein mit Carrerarennautobahnen mit Doppellooping, wer ist schneller, sogar im eigenen Zimmer war da schon Wettkampf auf der Straße, und heute fahren sie alle wirklich, und in ein paar Wochen ist sie fertig, die Ortsumgehungsstraße. Aber noch ist 1969, und mein Onkel sitzt im Zug. Und oben fliegt ein kleines Flugzeug, kommt einem womöglich aus Ockstadt entgegen, vom damaligen Flugplatz. Auch das war ein Ort für den Onkel, der Flugplatz mit Aussichtsterrasse und angeschlossener Bierstube, als der Segelflugclub von Ockstadt an den Bad Nauheimer Waldrand umgezogen war, hinter den Johannisberg. Dort kann man, solange man will, zwischen den eingepackten und ausgepackten Flugzeugen herumlaufen, man kann sie sogar anfassen. Nur fliegen kann sie mein Onkel nicht, dafür aber kann er die bewundern, die sie fliegen. Oder wie sie dann später Bier trinken. Und ihre Geschichten erzählen. Es gibt viele Segelflieger in Bad Nauheim, sie kommen aus der ganzen Region. Das ist ein besonderer Vorgang, wenn sie hochgezogen werden von einer Maschine, verbunden mit einem Seil, das dann ausgeklinkt wird, da kann mein Onkel stundenlang hinschauen, ein Manöver in der Luft, gemeinsam, genau eingeübt. Man steht oder sitzt und wartet, bis beide Maschinen starten, dann steigt auch schon die Aufmerksamkeit, geradezu Spannung ist es jetzt, da beide in der Luft sind, und dann kommt der Punkt, wo das Seil gelöst wird, und auch die Spannung löst sich, alles hat geklappt, und das Segelflugzeug segelt davon, wer weiß wohin, vielleicht in die Pfalz, vielleicht nach Thüringen oder bis nach Frankreich. Motorsegler machen dieses besondere Manöver mit den zwei Maschinen nicht, die kommen von allein hoch, das ist zwar nicht so interessant, dafür haben sie aber auch Motoren und sind fast schon wirkliche Flugzeuge. J. bewundert sie, weil sie einen Propeller haben, fast schon wie eine Messerschmidt im Krieg, oder eine Focke-Wulf. So kommt J. also das kleine Flugzeug entgegen und grüßt ihn, meinen Onkel im Zug von Frankfurt nach Bad Nauheim. Ob er je in seinem Leben geflogen ist? Ich glaube nicht. Dieses Glück war ihm wohl nicht vergönnt. Ich weiß nicht einmal, ob er je den Frankfurter Flughafen gesehen hat, es wäre zumindest ein großer Tag für ihn gewesen. Aber seine Mutter flog ja nie. Wohin hätte sie fliegen sollen? Die einzigen Reisen, die sie unternahm, waren die nach Freiberg, zu ihrer Schwester und zum Tante Lenchen. Und die machte sie immer mit dem Zug, ohne J. So kam mein Onkel vielleicht nie zum Flughafen. Aber vielleicht kam er doch dorthin, und sie machten hin und wieder aus Mitleid, weil sein Wunsch so groß war, einen Ausflug zur Panoramaterrasse des Flughafens, wo man die Maschinen starten und landen und herumfahren sehen konnte, die großen Maschinen und die allergrößten. Da stehen die Bolls dann auf der Terrasse, ein Familienausflug mit Schwiegersohn und Kind und Kegel, wie damals üblich, und J. war glücklich und kaufte Postkarten von den Maschinen als Andenken an den großen Tag, da, die Boeing 737 zum Beispiel! Eigentlich ist es undenkbar, daß mein Onkel sich nicht ausgekannt haben soll mit all diesen Flugzeugen. (Die Boeing 747 gab es damals noch nicht, sie kam erst 1969 und war gleich der Schwarm aller Modellbaukinder und eigentlich der Menschheit überhaupt.)

Jetzt ist auch die kleine Maschine schon wieder weg, und der Zug kommt nach Karben, nach Wöllstadt und fährt immer weiter, mit meinem Onkel darin, der heute nicht an den Flughafen kommen und keine großen Linienmaschinen sehen wird, der auch nicht die Übertragung vom aktuellen Mondlandeflug schauen wird, aber dennoch freut er sich auf nachher, Feierabend und Wald und Bier, und vielleicht später noch etwas Zünftiges zu sich nehmen nach dem frühen Abendessen zu Hause bei der Mutter. Eine abschließende Brotzeit in der Wirtschaft. In Wöllstadt fährt draußen vor dem Zugfenster (der Zug rollt gerade langsam über einen Bahnübergang) ein Polizeiauto vorbei und hat das Blaulicht angeschaltet. Mein Onkel nimmt alles genau wahr, alles hat seine Wichtigkeit und seine Funktion und soll so sein, die Bahnschienen, die Bahnsignale am Übergang, das Polizeiauto, er nimmt es wahr und achtet auf alles, so wie andere vor einer Spielzeugeisenbahn stehen, bei der alles einen besonderen Wert hat, bei der alles, was man sieht, nach Plan dazugehört und so sein soll und stets in Ordnung bleibt. Da könnten zwei Züge frontal zusammenstoßen, und keiner würde sterben. So fährt mein Onkel durch die Wetterau, als sei es eine Eisenbahnwelt, und er braucht nicht einmal das Modell, er nimmt einfach das Original als Modell, und genauso ist es auch mit dem Polizeiauto und seinem Blaulicht. Es ist eines dieser Details, hinter denen besonders viel Mühe steckt, denn es müßte ja gar nicht da sein, das Polizeiauto (mit Blaulicht als Sonderfunktion), es ist aber da, wie eigens aus dem Katalog ausgesucht (Fleischmann? Märklin?). Schön, daß es da ist, sagt sich mein Onkel. Und da gerade fährt. Als wollte es meinem Onkel eine Freude bereiten.

Eine komplette Welt. Mit vielen bestaunenswerten Kleinigkeiten, alle liebevoll zurechtgemacht, genauso, wie J. seine Schrauben im Keller feilt, auch liebevoll, mit Zuwendung, selbst die Pistolen im Halfter der Polizisten, sogar mit Firmenschild und genauen Patronen, noch die Halfter sind ein interessantes, beobachtens-, ja studierenswertes Detail. So ein Halfter hätte J. auch gern, allein nur schon das Halfter. Er wäre schon fast Polizist mit diesem Halfter. Vielleicht war es so: Vielleicht war die Welt für meinen Onkel immer so, als stünde er vor einer großen Spielzeugeisenbahn. Meistens muß er in einem Idyll gelebt haben. Meines Onkels Idyll, das nur in seinem Zangenkopf ein solches sein konnte. Mein Bruder hat wenige Jahre später dann tatsächlich eine riesige Spielzeugeisenbahnwelt in unserem Keller geschaffen, fast eine ganze Wetterau. Mein Onkel dagegen stand vor der Wirklichkeit auch als Erwachsener noch jederzeit wie ein Kind. Kaum sah er ein Polizeiauto und das Blaulicht drehte sich, bekam er seine Gefühle und seine Zustände. Die Polizei muß für ihn vor allem eine Art von Prachtentfaltung gewesen sein, wie die Armee, wie die Wehrmacht, wie die Zapfenstreiche, die er begeistert im Fernsehen schaute, das bestand alles in erster Linie aus Uniform und Paradewichs, aus Kavallerie und Panzeraufmärschen und dergleichen, und aus dem Monopol auf Blaulicht. Wohin sie gerade fuhren, die Polizisten dort in Wöllstadt, die Frage kam meinem Onkel vermutlich nicht in den Sinn, nur daß sie fuhren und Polizisten waren und das Blaulicht angeschaltet hatten, war wichtig, und soweit, genau soweit war die Welt auch gut und schön. Mein Onkel, stelle ich mir vor (ich kann es mir nicht anders vorstellen und habe es ja später selbst oft genug erlebt bei ihm), sieht die Polizei, und alles ist gut.

Jetzt kommt er schon nach Friedberg. Überquert den großen Tunnel, kommt an der Zuckerfabrik vorbei, am Hanauer Hof, sieht schon den Adolfsturm, die Burg, den Burgberg, die alte Häuserzeile am Bahndamm (vor der heute das neue Friedberger Parkdeck steht, selbst schon uralt geworden in den letzten zwanzig Jahren), dann sieht er, nun in der Biegung, die Steinwerke Karl Boll und könnte seinem Vater schon wieder auf den Kopf spucken, lebte er noch, aber er ist bereits 67 gestorben, zwei Jahre vor dem Erscheinen der Boeing 747, mit der die lang ersehnte Zukunft endlich zur Gegenwart wurde und die Menschen endlich überallhin konnten, wohin sie nur wollten. Die Boeing 747, der Traum der Menschen. Da lag mein Großvater, sein Vater, bereits unter seinem eigenen Grabstein, und keiner war mehr da aus der Familie, seinen Namen einzugravieren, denn er war der letzte Steinmetz in unserer Familie gewesen, seinen Namen gravierten jetzt die übriggebliebenen Angestellten.

Mein Großvater kannte die Boeing 747 nicht, und er hatte doch auch leben können. Er hatte ein ganzes Leben gelebt auch ohne Boeing 747.

Nun steht dort unten J.s Schwester und leitet den Betrieb, J. könnte also ihr auf den Kopf spucken von da oben, das würde er aber nie tun. So viel, wie seine Schwester für ihn gemacht hat! Jetzt ist sie verheiratet und hat drei Kinder und einen Rechtsanwalt als Mann und daher noch mehr Autorität als vorher. Jetzt bauen sie da unten schon ihr großes Haus, J. kann es sehen, gerade wird das Fundament gelegt, in Betonwannentechnik, die Apfelbäume sind schon weg und die Ställe auch, kein Huhn mehr da, man muß jetzt nicht mehr selbst schlachten. Da kommt bald ein Ziergarten hin, und der Gatte wird »Mein Garten«-Abonnent werden und jeden Morgen seinen Dienstwagen aus der Garage (noch steht sie nicht) fahren und jeden Abend wieder in sie hinein. Den Rest der Zeit wird er in Frankfurt verbringen, da ist er jeden Tag. Er regelt inzwischen, nach dem Tod des Steinmetzen, alles für die ganze Familie, auch sämtliche Erbschaften. Daran muß sich J. jetzt gewöhnen, daß es eine andere Respektsperson gibt, den Schwager. Eigentlich ist der jetzt der Chef. Aber die Firma ist nun auch schon wieder aus dem Blick, und noch einmal geht es über Felder, von denen aus man linkerhand weit übers Land schauen kann, bis nach Ockstadt (sind die Kirschen schon reif? oder ist es schon

Herbst?) und bis zum Taunus, bis nach Rosbach, alle die Orte noch klein, noch kurz vor der Explosion. Noch sind sie näher am Krieg und an der Vergangenheit als an uns, der Zukunft. Noch sind es erst vierundzwanzig Jahre nach der großen Zeit, die dann auch wieder nicht mehr sein sollte, weil sie plötzlich keiner mehr wollte. Aber noch sieht vieles aus wie damals. Selbst die Firma sah bis vor kurzem noch fast aus wie damals. Erst mit der Heirat seiner Schwester beginnt recht eigentlich die Zukunft (in fünf Jahren wird es die Firma schon nicht mehr geben, heute stehen da überall weiße Reihenhäuser mit roten Dächern, wie aus dem Spielzeugeisenbahnkatalog, jetzt sieht schon fast die ganze Wetterau so aus). Aber noch liegt Ockstadt klein da, und von Rosbach ist sowieso kaum etwas zu erkennen, und dazwischen überall Felder oder ein paar Bäume, und ganz hinten, aber da müßte man sich schon aus dem Zugfenster hinausbeugen, wäre auch die Sauweide zu sehen mit den Apfelbäumen mitten in der Landschaft zwischen Friedberg und Ockstadt, rot leuchtende Äpfel, die die Ockstädter vielleicht gerade herunterschütteln, wenn es Ende September ist. Oder es ist Frühling, und die Apfelbäume blühen gerade, weiß und rosa. Und auf die Minute pünktlich kommt nun der Zug meines Onkels in der Kur- und Badestadt Bad Nauheim an, in der schon der Zar zu Gast war und Einstein und Kaiserin Sissi, in der mein Onkel fast direkter Nachbar von Elvis Presley war, jahrelang, zwei Häuser weiter, auch Heino war hier, und nun beginnt für meinen Onkel der Rest des Tages. Ein langer Feierabend schon ab dem frühen Nachmittag.

5

J. erreicht eine Stadt in sanftem Niedergang. Hier war früher der Zar gewesen, im selben Bahnhof stieg er aus, man hatte ihm ein eigenes Zarenbad errichtet, da durfte sonst niemand hinein (heute kann man es besichtigen). Allerdings war der Zar nach ein paar Jahren dann auch schon tot, erschossen in Rußland. Bis heute reden sie in Bad Nauheim von ihm, als hätten sie ihn noch gekannt, persönlich und von Tür zu Tür, wie mein Onkel Elvis Presley kannte. Wie der Zarensohn ganz in Weiß auf seinem Fahrrad durch den Kurpark ... wie die Zarenfamilie hochherrschaftlich im Wagen auf der Promenade ... ein so netter, ein so freundlicher Herr, man kam aber nicht ran, er war ja immerhin Zar, Leibgarde, stets flankiert, und welche Cafés hat er aufgesucht? Ging er ins Mirwald (gab es das schon?), ging er zum Aliceplatz ins Café Müller (hängen da nicht Bilder von ihm?), oder blieb er den Cafés fern? Trank er Apfelwein? Vielleicht trank erst ein Vorkoster Apfelwein, oder jemand von seiner Leibgarde, um sicherzustellen, daß das auch ja nicht ein Anschlag auf die körperliche Unversehrtheit des Zaren ... und dann haben sie den Leibgardisten einer genauen Untersuchung unterzogen, haben beobachtet, was passiert, was der Apfelwein so tut. Noch keine Wirkung? Dann schnell noch ein Glas (Schoppen) hinein in den Leibgardisten. Weiter beobachten! Da sitzt er, der Leibgardist, der russische, in Bad Nauheim in der Wetterau (seit über einem halben Jahrhundert war es da schon Kurbad), auf einem Sessel möglicherweise oder nur einem Holzstuhl, vielleicht muß er auch stehen, und horcht in sich hinein, was passiert, denn er weiß ja gar nicht, was das ist, dieser Apfelwein, vielleicht hat das ein Bad Nauheimer ersonnen, um alle zu töten, die ganze Zarenfamilie, und alle Bad Nauheimer haben sich nur verschworen und tun so, als tränken sie immer Apfelwein, dabei ist es Gift? Und jetzt springt er auf, der Leibgardist, und hat die Hand schon am Hosenbund und rennt davon, wo sind denn hier die Klosetts? Ganz schnell rennt er. Und der Zar, so viel ist sicher, wird niemals in seinem Leben Apfelwein trinken, man rät ihm ab. Einige Jahre später ist er trotzdem tot, und in Bad Nauheim empfinden sie Trauer, lief er doch vor kurzem noch hier herum, durch den Park. Der arme Zar. Keiner kannte ihn. Alle reden von ihm. Eine öffentliche Figur. Was wäre Bad Nauheim ohne seine öffentlichen Figuren? Die depressive Sissi, die man nicht fotografieren durfte, so alt war sie schon! Wohnte in der Burgallee, wo jetzt ein Betonhaus steht, viergeschossig. Mein Onkel steht am Bahnhof, an dem schon der Zar stand, und schaut über den Sprudelhof und seine beiden Sprudel hinauf zum Johannisberg, genau wie der Zar. Rechts an den Johannisberg schließt sich der Frauenwald an, da geht mein Onkel gern hin. Links steigt der Winterstein empor, vielleicht steht 69 schon der Sendeturm auf ihm. Das fasziniert meinen Onkel: wenn er den Fernseher anschaltet, weiß er, das Bild kommt vom Winterstein. Auch die Störungen im Sendegebiet genießt er, dann erscheint nämlich das Testbild, und dann beginnen sie, wie er glaubt, auf dem Winterstein mit einer ganz emsigen, fachmännischen Tätigkeit, damit bald wieder ordnungsgemäß ins ganze Sendegebiet gesendet werden kann. Aber was noch wichtiger am Winterstein ist als die sendetechnisch fachmännische Versorgung des gesamten hiesigen Sendegebiets mit dem fortlaufenden Programm der Sendeanstalten ARD und ZDF von nachmittags bis zum späteren Abend, ist das Forsthaus Winterstein, auf halber Höhe und hier, vom Bahnhof aus, nicht sichtbar. Im Winter sieht man von hier aus im Sprudelhof nur Gischen und Dampfen, denn die beiden Sprudel sind warm. Der eine steigt höher als der andere. Ohne diese beiden Fontänen (weiß es mein Onkel?) wäre aus Bad Nauheim gar nichts geworden, ohne sie wäre die Kaiserin Sissi nicht gekommen, ohne sie hätte Einstein hier nie an Kongressen teilgenommen, ohne die beiden Fontänen wäre der Zar mitsamt seiner Familie nie in Bad Nauheim gewesen, auch Hans Albers nicht, die amerikanische Armee hätte hier nie die Rundfunkstation gebaut, Bad Nauheim wäre nie von der US Army besetzt worden, Elvis Presley wäre nie rumpelbesoffen im drei Kilometer entfernten Friedberg aus dem Zug gestiegen, um in Bad Nauheim zunächst eine Hotelsuite und dann eine Wohnung schräg gegenüber dem Zimmer meines Onkels zu beziehen. Bad Nauheim wäre immer noch bloß Nauheim und kein Bad. Und dennoch hätten sie alle auch so gelebt, irgendwie, wären dennoch auf die Welt gekommen und wieder gegangen, und wäre Bad Nauheim damals nicht eine Medizin- und Kur- und Badestadt gewesen, wäre meinem Onkel vielleicht auch nie die Zange an den Kopf gesetzt worden. Dann wäre seine Welt eine andere geworden. Nun, Ende der sechziger Jahre, kommt kaum noch eine Berühmtheit hierher. Meistens laufen die Gäste in saloppem Grau-Beige herum. Das öffentliche Bild Bad Nauheims wird zur Zeit meines Onkels vom Kurgast auf Krankenkassenbasis bestimmt. Der Kurgast sitzt auf Bänken herum, bisweilen halbe Tage, die Bänke stehen überall in Bad Nauheim. Die vornehmliche Beschäftigung des Kurgastes ist das Sitzen. Auch der Sprudelhof ist als große Sitzanlage gebaut, man sitzt in schattigen Jugendstilgalerien und schaut den Sprudeln beim Sprudeln zu. Man geht zum Sauerbrunnen, läßt sich ein Glas vom Sprudelwasser geben (nicht zuviel! genau abmessen! sonst fällt man um), dann setzt man sich in die Trinkkuranlage und sitzt herum oder hört währenddessen dem Kurorchester zu, das ungarische Melodien spielt, wie zu des Zaren Zeiten, aber heute mit Elektrobaß und nur noch in kleiner Besetzung. Vielleicht ist auch schon ein Schlagzeug dabei. Aber nur mit dem Besen gespielt. Nicht so laut. Ein sanftes Rühren im Hintergrund, man kann dabei wegdösen. Wenn das Wasser nur nicht so scheußlich schmecken würde, denken sie alle. Es ist aber Bestandteil der Kur. Dafür kann man dann abends ins Deutsche Haus gehen und Apfelwein trinken. Man trinkt einen Apfelwein, auf jeden Fall auch einen Wacholder, und dann noch einen Wacholder mit dem Wirt, und schließlich einen Wacholder auf die schöne Stadt Bad Nauheim. Jeder Abend ein Abend ohne Aufsicht und ohne Anwendungen, man trinkt sich regelmäßig unter den Tisch. Aber vorher geht man als Kurgast noch einmal zu den Gradierwerken. Da trifft man seinen Kurnachbarn oder seinen Kurschatten oder einen neuen Kurgast. Man soll sich vor die Gradierwerke setzen und tief einatmen. Die Luft ist salzhaltig. Zwei Stunden am Tag, gern auch mehr. Und wer so sein Tagessoll erfüllt hat, geht anschließend um so beruhigter und zufriedener ins Tanzlokal oder zum Apfelwein oder, wenn er nicht in Gesellschaftslaune ist, in eine der diversen Kurpensionen zurück, da hat meine Großmutter, Onkel J.s Mutter, anfänglich auch noch gearbeitet, ihre Mutter hatte eine Kurpension, Pension Augusta, direkt am Kurpark, da kam der Zar damals auch immer vorbei, wenn er seine Ausfahrt mit der Kutsche machte. Vielleicht geht man in den Gemeinschaftsraum und schaut fern. Gibt es wieder Mondfahrt heute? So steht mein Onkel am Bahnhof der zu dieser Zeit durch eine Armee von Kurgästen in Freizeitschuhen besetzten und besessenen Stadt. Auch am Bahnhof verkehren sie, holen sich Zigaretten, holen sich vielleicht auch ein Heftchen, abends spät sind sie dann meistens allein, ihre Ehefrauen sind in Düsseldorf oder Nürnberg oder Moers, aber es gibt in jeder Pension einen Zimmerdienst, und sehr schnell merken sie, daß man auch dort die Dinge (das Leben) geheimhalten muß, keiner hat einen Darkroom wie mein Onkel. Sie kommen nach Bad Nauheim, und gleich ist es wieder Sehnsucht nach dem Leben, vom Magazin bis zum Kurschatten und dem Tanzlokal, in welcher Reihenfolge auch immer.

Mein Onkel riecht nun schon seit Stunden auffällig, und mit einem gewissen Wichtigkeitsgefühl macht er sich auf seinen Heimweg von acht Minuten. Er empfindet das Gefühl von Wichtigkeit, weil er arbeiten war, es war ein ganz normaler Arbeitstag, er verdient sein Geld wie jedermann und ist auch fast Beamter, er könnte beinah eine Uniform tragen, und geht er in Bad Nauheim zur Post, fühlt er sich eigentlich wie unter Kollegen, am liebsten hätte er mit ihnen gefachsimpelt (was allerdings die Postbeamten in der Bad Nauheimer Post nie verstanden hätten, sie wußten ja nicht einmal, daß auch er bei der Post arbeitete). Ein Gefühl von Wichtigkeit auch deshalb, weil er sich alles, was folgen wird, für den heutigen Tag ordnungsgemäß und vorbildlich und richtig und wirklich verdient hat: den Feierabend. Und die Mutter wird zufrieden sein (er war ja nicht im Kaiserstraßenviertel! oder vielleicht doch, aber vielleicht nur ganz kurz, nur einmal hinein und gleich wieder hinaus, aber das weiß ja niemand, und er selbst hat es auch schon wieder vergessen, wie nie geschehen, und war es denn?). Kam nicht auch sein Vater immer genau so von der Arbeit? Stolz kommt man von der Arbeit zurück, erhobenen Hauptes. Man hat seine Arbeit getan. Genau wie die Bergrettung am Berg. Und nun geht er nach Hause. Dort erwarten sie ihn. Wer arbeitet, wird zu Hause erwartet. So schreitet er Richtung Uhlandstraße, es gehen ganz verschiedene Dinge in seinem Kopf vor, er malt sich sein Leben als ein gelungenes und normales und vorbildliches aus und ist wie an jedem Tag, wenn er von der Schicht heimkehrt, ergriffen davon, daß er gerade von der Schicht heimkehrt. Aus Frankfurt, wo täglich Tausende an ihm vorbeiströmen, unbeschäftigt, er aber hat seinen Dienst und seine Funktion. Es muß alles ordnungsgemäß so sein und ist auch so. Alles an seinem Platz, auch er. Die Zeit, als die Familie ihn noch nicht nach Frankfurt geschickt hatte, hat er längst vergessen. Onkel J., einer wie jeder mit Funktion und Aufgabe. So schreitet er heim, stelle ich mir vor.

Mein Onkel schließt die Haustür der Uhlandstraße auf, wie ein Familienvater, wenn er von der Arbeit heimkommt. Der Mann im Haus. Und inzwischen sogar der einzige, denn der Firmenchef, Wilhelm Boll, ist schon zwei Jahre tot. So kommt J. heim. Als hätte alles wenigstens einmal gut und richtig für ihn sein können: Er, der Herr im Haus, und später holt er den Variant aus der Garage (am besten eine halbe Stunde bevor er ihn braucht, dann steht er schon da), und dann fährt er ins Forsthaus Winterstein, um unter den Männern zu sitzen, Bier zu trinken und ihre Geschichten zu hören, als gehörte auch er dazu.

Als hätte alles wenigstens einmal gut und richtig sein können.

Nur leider hatte es nicht nur die Zange an seinem Kopf gegeben, sondern stets auch die anderen Menschen.

Sein Schwager ist da. Mit J.s jüngerer Schwester, seiner Frau. Der Schwager, der Rechtsanwalt. Überhaupt ist der Schwager in letzter Zeit oft da, seitdem J.s Vater tot ist. Sie sind jetzt überall, und sie haben auch schon drei Kinder (darunter ich). Eben noch hat es die alle gar nicht gegeben, und jetzt sind sie plötzlich da und gehören auch dazu. Eben noch hatte es nur die Schwester gegeben, und jetzt sind es schon fünf. Sie hat sich verfünffacht. Sie sind jetzt selbst eine Familie. Da ist also aus der alten Familie einfach an einer ganz bestimmten Stelle eine neue Familie herausgewachsen, und die sind jetzt eigentlich die Familie, denn die Bolls sind im Handumdrehen plötzlich schon kaum mehr da. J.s Großvater Karl ist vor zwei Jahren gestorben, im selben Jahr auch der Vater, Wilhelm, nur wenige Monate später, macht zwei Bolls weniger. Und die Schwester heißt jetzt anders. Macht in gewisser Weise sogar drei weniger. Es bleiben als Rest nur noch die Mutter und der jüngere Bruder. Erstmals bekommt J. eine Vorstellung davon, was Zukunft heißt. Vorher war eigentlich immer alles gleich, es gab die Familie, den Vater Wilhelm, den Großvater Karl, das Haus, das Zimmer, die Firma, da war immer der Vater der Chef und der Großvater der Seniorchef gewesen. Und er immer dort und zwischen ihnen allen, mal im Haus in Bad Nauheim, mal in der Firma. Nach Frankfurt fährt er ja auch erst, seitdem der Vater tot ist und der Schwager das Sagen hat, der Schwager und die Schwester. Kaum war der Vater tot, hat ihm der Schwager die Arbeit in Frankfurt verschafft. Endlich sollte auch J. einmal ordnungsgemäß irgendwo untergebracht werden. Mit des Schwagers weitläufigen Kontakten ging das. Das hätte der Vater nicht geschafft. Eine Arbeit in Frankfurt vermitteln, so weit reichte der familiäre Horizont gar nicht vor dem Schwager. Kaum war der Schwager da, wurde alles anders. Eigentlich ist er nun fast täglich da, so viel gibt es zu regeln. Dokumente werden gesichtet, Ordner geöffnet, Briefe gelesen. Man muß sich einen Überblick verschaffen, auch über das Vermögen, wer sollte das sonst tun, und einer muß ja. Die Schwester leitet jetzt die Grabsteinfirma und ist der Chef. Und der Schwager regelt alles andere. Schon bauen sie ein Haus. So jemanden hat es in der Familie noch nicht gegeben. Was wären sie ohne den Schwager? Und nun, J. hat eben Feierabend und kommt nach Hause, ist der Schwager da, und J. gerät automatisch in eine gewisse Duckhaltung, wie immer, wenn er seinen Schwager sieht. Nicht anders als es bei seinem Vater gewesen war, wenn dieser ihn ansprach. Immer wenn J. den Schwager sieht, erwartet er einen Befehl. Denn seitdem sein Schwager in der Familie ist, gibt es immer irgend etwas zu tun. Es sind nun der Vater und der Großvater zu ersetzen, und der Schwager verteilt die Aufträge. Meistens wirkt er geschäftsmäßig, denn er hat immer etwas im Sinn, eine nächste Aufgabe. Er muß ja nun auch die ganze Familie lenken. Das ist ganz natürlich so geworden und hat sich so entwickelt: daß er nun das Familienoberhaupt ist, wenn auch unausgesprochen. Und eigentlich sind es ja auch keine Befehle. Sondern er hat immer bloß recht, mit allem was er sagt und aufgibt, denn er sieht die Dinge klar und weiß Bescheid. Das Leben besteht aus Aufgaben (und nicht aus dem Forsthaus Winterstein), besonders wenn man schon eine fünfköpfige Familie hat und dann noch eine andere Familie verwaltet, die der Schwiegermutter. Da hat man immer das nächste Ziel bereits vor Augen. Das muß so sein! Und aus was für einer Familie er kommt! J. hat das Gebäude in Frankfurt gesehen, die Oberfinanzdirektion, überhaupt eines der größten und modernsten Gebäude, die er je gesehen hat. Eigentlich hatte er damals noch nie so etwas gesehen, riesige Gänge, riesige Treppen, nach überallhin, wie ein Zentrum der Welt fast, wo alles geregelt und geordnet und in Gang gehalten wird und alles funktioniert, weil jeder an seinem Platz ist und jeder es weiß. Und irgendwo mitten in diesem riesigen Gebäude sitzt der Chef von alledem und heißt Oberfinanzpräsident. Der erste Präsident, den J. kennengelernt hat. Der Oberfinanzpräsident kam erstmals vor zehn Jahren, noch Ende der fünfziger Jahre, in die Wetterau und nach Bad Nauheim, um im Haus in der Uhlandstraße die Werbung seines Sohnes um die Tochter der Familie Steinwerke Karl Boll zu unterstützen, ein großer Mann mit Dienstwagen. Dieser Dienstwagen hatte vier Standarten, so etwas hatte man in der Uhlandstraße noch nicht gesehen. Und kurz darauf war das ganze Haus bereits voller Berühmtheiten. Der Oberfinanzpräsident (mein Großvater väterlicherseits) arbeitete eng mit der amerikanischen Militärverwaltung zusammen, ich kenne noch die Fotos, die damals entstanden sind zu einer Zeit, da sich J., damals Ende zwanzig, wie im Himmel gefühlt haben muß, nämlich Seite an Seite mit ordenübersäten, ranghohen US-Militärs, in Bad Nauheim und mitten in der Heimat, die jetzt zur großen Welt gehörte, sogar das Haus in der Uhlandstraße hatten sie zurückgegeben, es war konfisziert gewesen, und man war erst vor ein paar Jahren wieder aus Friedberg zurück ins nunmehr restituierte Haus gezogen. Da sitzt er, J., dürr, mit seinen riesigen Ohren und den nachtschwarzen Augenbrauen, mit demselben fettigen Seitenscheitel, den er auch schon als Kind hatte, und ist schon wieder ein Kind geworden zwischen all den Amerikanern und staunt und darf auch selbst dazugehören, urplötzlich hat dieser Oberfinanzpräsident die Welt aufgemacht wie eine Zaubertüte, und sie, die Bad Nauheimer, die eben noch besetzt und verjagt waren, sitzen nun am selben Tisch freundlich-gemeinsam mit den höchsten Mitgliedern der regionalen amerikanischen Militärverwaltung, unter deren Aufsicht das ganze Land und eigentlich alles überhaupt erst aufgebaut worden ist. Manche tragen sogar Waffen. Kommen mit Jeeps vorgefahren, haben Leibwachen. Lebende, echte, mit Schutzwesten versehene Leibwachen. Leibwachen am Eingang der Uhlandstraße 18! Das Zentrum der Welt. Oder der Oberfinanzpräsident hat Geburtstag, dann fahren sie alle, die Schwester, der kleine Bruder, die Mutter und der Vater, nach Frankfurt am Main und sitzen dann in einem großen Saal, und dann ist da noch viel mehr und noch viel ranghöheres amerikanisches Militär und mein Onkel mitten darunter. Die Fotografien werden allesamt im Bücherschrank im Wohnzimmer der Uhlandstraße verwahrt, fein säuberlich in Alben eingeklebt und gewichtig beschriftet, mit General Smith, Grillparzerstraße, 25. 4. 59, mit General Miller, Oberkommandeur von soundso, Garten Grillparzerstraße, 18. Mai 1959, weiße Kreideschrift auf schwarzem oder dunkelbraunem Karton. Da ist dann mein Onkel oft zu sehen. Das war eine große Zeit. Ansonsten, wie gesagt, mochte er Amerikaner nie.

Nun steht der Schwager im Vorraum, und die Schwester trägt gerade mich auf dem Arm. Und mein Onkel kommt herein und findet uns gleich im ersten Augenblick vor. Die Schwester begrüßt ihn freundlich, aber sie hat nicht viel Zeit und muß sich um mich kümmern, vielleicht muß ich irgendwo hingebracht werden, zu einer Untersuchung, vielleicht bekomme ich einen Zahn, und der Doktor soll es sich anschauen. Oder die Mutter muß etwas einkaufen und hat mich deshalb dabei. Und jetzt ist es gerade heute so, daß auch J.s Mutter ausgerechnet am späteren Nachmittag noch wegen irgendeiner Verabredung, eines Besuchs zum Friseur muß. Und auch noch einkaufen muß. Oder vielleicht muß etwas in Friedberg auf dem Friedhof erledigt werden. Es müssen Blumen beim Blumensiebert geholt werden, und dann muß man die Gießkanne nehmen und überhaupt die Pflanzen am Grab generell ein bißchen gießen, dazu sind sie gestern und vorgestern und vorvorgestern nicht gekommen (sie haben ja auch die ganze Arbeit, die Firma und drei Kinder), und das kann heute eben nur J. machen, weil seine Mutter zum Friseur und die Schwester eigentlich schon wieder in der Firma oder beim Zahnarzt undsoweiter.

Also sagt der Schwager: J., fahr doch mal schnell nach Friedberg zum Blumensiebert, bring die Blumen auf den Friedhof und gieß dort das Grab, und anschließend holst du deine Schwester von der Firma ab, und deine Mutter kannst du dann gleich noch zum Friseur bringen, um halb sechs hat sie einen Termin, du hast ja nichts zu tun und den ganzen Nachmittag frei. Manchmal macht J. den Fehler zu murmeln, eigentlich habe er ins Forsthaus Winterstein gehen wollen. Ins Forsthaus Winterstein gehst du doch oft genug, du kannst doch nicht jeden Tag ins Forsthaus Winterstein gehen, im übrigen kannst du ja später noch ins Forsthaus Winterstein, wenn du unbedingt mußt. Mußt du denn immer in die Wirtschaft gehen? sagt dann der Schwager, wie es nicht einmal J.s eigener Vater gesagt hätte. Sein Schwager hat keinerlei Interesse am Forsthaus Winterstein und dergleichen Dingen. Und er hat ja auch nie Zeit für so etwas und ist auch jetzt auf dem Sprung, und schon löst sich die kleine Szene im Vorraum wieder auf, Schwager und Schwester hinaus, und J. steht mit gebuckeltem Rücken im Vorraum, seine Augenbrauen ziehen sich zusammen und bilden eine Zornesfalte, die Augen verengen sich zu Schlitzen, und aus seinem Mund bricht das bereits bekannte Zischeln hervor, so haßerfüllt, als würde er gleich das nächste Messer in die Hand nehmen, aus dem Haus hinauslaufen und die gesamte Wetterau töten und niedermetzeln und akribisch schlachten und alle in gleich große Teile schneiden. Nun läuft er zu seiner Mutter, meiner Großmutter, die sich in der Küche befindet und wie meistens etwas vorbereitet, sei es den Sauerbraten fürs Wochenende, sei es den Kaffee für J., sei es, daß sie einkocht oder einweckt. Bei seiner Mutter (meiner Großmutter) kann er sich beschweren, solange es kein anderer hört. So gern habe er ins Forsthaus Winterstein gehen wollen, die ganze Woche seien die Jäger da gewesen, und er habe sich so darauf gefreut, seit dem Wochenende habe er sich darauf gefreut, gestern habe er ja bereits das Auto waschen und seine Schwester vom Kosmetiker abholen müssen und nicht ins Forsthaus Winterstein gehen können, immer müsse er etwas tun, wenn er zum Winterstein wolle, immer müsse er, er sei immer der, auf den alles zurückfällt. Ich könnte platzen vor Wut, sagt er und stampft auf den Boden. Das habe ich ihn oft sagen hören, in einem merkwürdigen Widerspruch zwischen Wutgrad und Hochsprachlichkeit: Ich könnte platzen vor Wut. Und er meinte es, glaube ich, stets ganz wörtlich. Der Schwager kommt und sagt, was zu geschehen hat, immer kommt er und sagt, was zu geschehen hat, dabei habe ich mich die ganze Woche darauf gefreut, und ich habe es schon gestern und vorgestern gesagt, daß ich ins Forsthaus Winterstein möchte, so gern möchte. Seine Mutter beruhigte ihn mit dem Satz, daß er nun eben zwei Stunden später ins Forsthaus Winterstein gehen könne, dafür könne er auch länger bleiben, das sei doch nicht schlimm. Tatsächlich begriff J. hierauf, daß das nicht so schlimm war, und wahrscheinlich wäre er sowieso erst gegen sechs oder halb sieben zum Forsthaus hinaufgefahren (und vorher wollte er noch in den Frauenwald, nur kurz, nur einmal um die Skiwiesen, vielleicht einen Hasen sehen oder ein Reh, aus dem dann ein Soundsovielender-Hirsch zu machen wäre). J. setzte sich, ließ sich von seiner Mutter in ihrer Kittelschürze einen Kaffee einschenken und ein Stück Sandkuchen hinlegen und sagte, mit der Kuchengabel wedelnd und sie anschauend wie ein Philosoph, der gerade seine Erkenntnis hat: Wenn ich die Ursel um fünf Uhr abhole, kann ich gegen viertel nach sechs oben am Frauenwald sein, dann bin ich gegen halb acht auf dem Winterstein, spätestens um acht. Gell, das reicht noch, sagt die Mutter, da hast du noch gut zwei Stunden im Forsthaus. Da kann ich wenigstens noch zwei Stunden im

Forsthaus bleiben, sagt J. Und, plötzlich unternehmungslustig und guter Laune, sagt er, länger habe er ohnehin nicht bleiben wollen, schließlich müsse er morgen wieder nach Frankfurt und um drei Uhr früh aufstehen. Dann mußt du dich, sagt die Mutter (meine Großmutter, und ich bin nicht dabei, sondern befinde mich gerade auf dem Arm meiner Mutter im Dienstwagen meines Vaters auf dem Weg nach Friedberg zum Zahnarzt und vielleicht noch zur Firma und zur Baustelle des Hauses, kann noch gar nicht sprechen, habe noch keinen Satz in meinem Leben und überhaupt noch kein Wort von mir gegeben und kann mir dennoch alles das jetzt gar nicht anders vorstellen), dann mußt du dich jetzt aber hinlegen, und in einer Stunde fährst du nach Friedberg zum Blumensiebert, gehst auf den Friedhof, dann holst du die Ursel, bringst sie nach Hause, dann holst du mich ab und fährst mich noch schnell zum Friseur. Die Ursel hat doch auch soviel getan für dich, und ihr Mann tut doch auch soviel für uns, da können wir nur glücklich sein, was wären wir ohne Ursels Mann, jetzt, wo alle Männer tot sind. J. trinkt nun seinen Kaffee und ißt den Sandkuchen und hat schon alles wieder vergessen (eben noch war er Patriarch gewesen, jetzt ist er wieder J. Boll).

J. rührt einen Löffel Raffinadezucker in den Kaffee mit Kondensmilch, der eine ganz ähnliche Farbe aufweist wie J.s Hemden oder sein Variant, dann rührt er einen zweiten Löffel hinein, so gehäuft wie möglich, vorsichtig den Löffel von der Zuckerdose zur Kaffeetasse hinüber, dann einen dritten, und anschließend noch einmal zwei, bis sich der Kaffee in eine Art Sirup verwandelt, wie jedesmal, wenn Onkel J. Kaffee trinkt. Die Mutter steht am Herd. Damals lief sie immer in einer Kittelschürze herum, wie die gesamte weibliche Wetterau. Nur als Elvis dagewesen war, hatten sie die Kittelschürzen kurze Zeit abgelegt, aber später zogen sie sie wieder an, noch bis in die neunziger Jahre. Meistens hatten die Kittelschürzen ein kleinteiliges Muster, Blumen oft, mit einem Farbstich ins Blaue, Graue und Lilafarbene, damit man die Flecken von der Hausarbeit nicht sieht. Aber sie wurden ja sowieso jeden Tag gewaschen. Noch meine Mutter hatte eine ganze Auswahl an Kittelschürzen zur Verfügung. Auch wenn sie zur Nachbarin ging, trug sie eine Kittelschürze. So zeigte sich jeden Vormittag eine Versammlung von kittelschürzentragenden Frauen in den Straßen, jede vor ihrer Tür oder bei der Nachbarin am Gartentor, und dann bald schon zu dritt oder zu viert versammelt. Die Grüppchen standen alle zwanzig Meter. Im Haus meiner Großmutter, also in der Uhlandstraße, trug meine Großmutter eine Kittelschürze, ebenso wie das Tante Lenchen eine Kittelschürze trug, wenn sie aus Freiberg kam und im Haus half, die Nähfrau Däschinger trug eine Kittelschürze, die Putzfrau trug eine Kittelschürze, so zogen sie als Kittelschürzenarmee durchs Haus und sorgten für Disziplin und Ordnung. Sie kamen überallhin, bis in die letzten Ritzen, ebenso wie der Geruch meines Onkels. Die Oberarme, die aus den Kittelschürzen herauskamen, lagen immer blank und waren bei den älteren Frauen dick und fleischig, ich dachte, wenn ich diese Oberarme sah, stets an die Keulen, die beim Metzger Blum auslagen, oder an die Brotlaibe beim Bäcker, nur waren diese frisch, im Gegensatz zu den Oberarmen, die bereits am Einfallen waren und schon Dellen hatten. Am Ende ihre Lebens hatte meine Großmutter nur noch ganz dünne Arme und konnte die Töpfe in der Küche kaum mehr heben, aber sie trug immer noch Kittelschürzen, nur daß diese unterdessen drei Nummern kleiner gekauft wurden. Jetzt aber steht sie vergleichsweise gesund und munter am Herd, und Onkel J. erzählt gewichtige Dinge von seinem Arbeitstag. Eine Ladung kam aus Chile. Er spricht das Wort mit Ehrfurcht aus, wie etwas ganz Großes. *Chiie – leh!* Mit hohem I am Anfang. Das Wort, ein einziger Ausruf der Begeisterung. Die weite Welt, und mein Onkel dabei und mit von der Partie und sogar als zentrale Schaltstelle. Oder Lissabon, da beginnt er fast zu raunen. Ein Paket aus *Lis – sa – bon* direkt nach Friedberg-Ockstadt. Was es da wohl soll? Etwas aus Lissabon, der Stadt, die jeder kennt, mitten im Kirschendorf Ockstadt, das nur wir kennen, die Wetterauer! Was kann das denn sein? Es wird schon was sein, sagt meine Großmutter, irgend etwas wird es schon sein. Ja, sagt mein Onkel nachdenklich und wedelt mit dem Löffel und schaut zum Fenster auf die Straße hinaus, wo kein Auto fährt, weil sich das ganze Land noch vor den ersten Stauwellen befindet, auch das Dichterviertel, in dem das Haus steht, ist noch ganz ruhig und wird kaum passiert. So reden sie, und später, nach der dritten Tasse Milchkaffee und also dem fünfzehnten Löffel Zukker, steigt J. die Treppe empor und betritt sein Zimmer, die erste Tür links. Kaum ist er drin (die Läden im Zimmer sind geschlossen), geht die Tür zu.

Onkel J. in seinem Zimmer.

6

Mir gegenüber hieß es immer, er schläft. Wenn ich nach Bad Nauheim in die Uhlandstraße kam, sagten sie immer, ich solle leise sein, Onkel J. habe Nachtschicht (oder Frühschicht) gehabt. Das war meine Anwesenheit in diesem Haus als Kind: Ich wurde von meiner Mutter hingebracht, der Großmutter übergeben, und immer war noch ein Dritter im Haus, der aber nicht in Erscheinung trat, mein Onkel J. Er war da und nicht da. Und so verbrachte ich Stunden in dem damals noch stets frisch gelüfteten Haus, immerfort von Angst erfüllt, der grauenhafte Onkel werde irgendwann herunterkommen. Dann würde ich mit ihm in der Küche herumsitzen müssen, und am Ende würde die Großmutter zum Schade & Füllgrabe gehen, und ich müßte wieder hinab in den Keller zu meinem Onkel. Wie aus dem Nichts tauchte er immer auf, und meine Existenz für die nächsten Stunden war dann eine völlig andere als in den Stunden zuvor. Ohne meinen Onkel bewegte ich mich frei durch das Haus in der Uhlandstraße, es war mein liebster Ort, und ich freute mich jedesmal schon darauf, wenn ich in die Uhlandstraße gebracht wurde, dort war ich allein, meine Geschwister waren nicht da, ich mochte die Räume, mochte die Küche, ich konnte stundenlang umherstreifen und die verschiedensten Gegenstände betrachten, die für mich als Kind immer wichtig waren, vor allem die Fotos der alten, längst verstorbenen Bolls. Mehrere davon standen auf dem Schreibtisch. Da war auch ein fremder Mensch in Uniform, vor einer fremden Landschaft, vielleicht draußen in Rußland, vielleicht daheim im Reich, man sah es der Landschaft nicht an, der Mensch in Uniform war ebenfalls tot. Oder das Bild eines jungen Mädchens mit blonden, dicken Zöpfen, das munter in die Kamera blickte und auf dem Bild deutlich älter war als ich zu dieser Zeit. Meine ganze Kindheit konnte ich nicht recht glauben, daß dieses junge Mädchen mit dem Tante Lenchen, das ich kannte, identisch gewesen sein soll. Ihr Mann ist als einer der ersten im Krieg gestorben, schon am zweiten Kriegstag, dem zweiten September, einen Tag nach meinem Geburtstag und zugleich achtundzwanzig Jahre vor meiner Geburt, denn ich bin am Tag des Weltkriegsbeginns geboren. Tante Lenchens Foto (nicht in BDM-Uniform, sondern in weißer Bluse, ein Brustporträt) stammte aus der anderen Welt, mit der sie alle abgeschlossen hatten, jeder auf unterschiedliche Weise, alle Insignien aus dieser Zeit hatten sie entfernt, das Wort BDM fiel in meiner Kindheit nie, nur das eine Foto wurde noch geduldet, der Mann in Uniform, der Tote. Sicher hat man mir damals erklärt, wer das sei, ich habe es aber nie begriffen oder mir nie merken können, vielleicht weil ich seinen Namen nie auf einem unserer Grabsteine gelesen hatte. Schon mein Großvater Wilhelm, J.s Vater, war mir völlig fremd, wie aus einer uralten Vorzeit herüberragend in Schwarzweiß, obgleich er erst so lange tot war, wie ich lebte. Wir hätten uns fast noch die Hand reichen können. Wir hätten uns fast noch in die Augen schauen können, wir, die beiden *musischen* Menschen. Mein Großvater ist immer genauso lange tot, wie ich lebe. Ich vermute, der Mann in Wehrmachtsuniform war Tante Lenchens Mann, aber ich werde es nie erfahren, das Foto existiert nicht mehr, wie fast alle Fotos auf dem Schreibtisch und der Vitrine und dem kleinen Glastisch (neben dem Schreibtisch) meiner Großmutter. Ich lief mit vier, mit fünf Jahren durch das Haus meiner Großmutter, allein und glücklich, und begriff nie, daß ich mich durch ein Haus bewegte, das in erster Linie von den Toten bestimmt wurde. Meine Großmutter war, wie ich viel später begriff, ja auch erst Witwe geworden, als ich geboren wurde. Mir kam es so vor, als sei die Gegenwart von der Vergangenheit auf den Fotos getrennt wie durch tausend Jahre, wie durch eine nur mythisch begreifbare Zeitverrückung. Das Haus war bevölkert von kleinen schwarzweißen fotografischen Schemen, die für mich zugleich riesenhaft groß in den Zimmern im Untergeschoß westen, als deren eigentliche Bewohner und als die, die das eigentliche Anrecht auf dieses Haus und seine Zimmer und alles in ihnen hatten. Und alles war immer still, das einzige, was ich in diesem Haus hörte, war das Gurren der Tauben und der tiefe Glockenklang der Bad Nauheimer Dankeskirche, meine erste Musik. Die Lärmschutzfenster würden erst dreißig Jahre später kommen. Im nachhinein begreife ich, daß das Haus von Anfang an für mich wie ein Museum war, mit meiner Großmutter als Museumswärterin. Bis zum Tod meiner Großmutter veränderte sich im Wohnzimmer, im Eßzimmer nichts, besonders der Schreibtisch meines Großvaters wurde nicht angerührt, nur dauernd abgestaubt und geputzt und gewienert entweder von meiner Großmutter in Kittelschürze oder vom Tante Lenchen in Kittelschürze (wahrscheinlich staubte sie auch ihr eigenes Jugendbildnis ab) oder von einer der diversen Putzfrauen, am Anfang noch deutsch, ebenfalls in Kittelschürze, ab den achtziger Jahren dann meist jugoslawisch, nicht mehr in Kittelschürze. Nach dem Tod meiner Großmutter wurde sofort alles abgeräumt, alles verschwand, und auch die Möbel kamen aus dem Haus. Erst sieben Jahre nach dem Tod meiner Großmutter begann ich mit der Rekonstruktionsarbeit. Wo sind all die Gegenstände hin? Das kleine, aus Erz gegossene Wikingerschiff, das mich meine ganze Kindheit beschäftigte? Das schwarze Steinbrett (aus Diabas wie unsere Grabsteine) über der Heizung in der Wohnzimmernische: drei Gegenstände standen darauf, alle gleich wichtig für mich, ein Kosmos, angeführt von dem Wikingerschiff. Nicht mehr da. Abgeräumt. Nur in meinem Kopf ist das Schiff noch da und noch immer riesengroß, wie ein wirkliches Wikingerschiff, und das Sofapolster war das Nordmeer, auf dem es fuhr. Daneben ein Elefant aus Metall mit hohlem Bauch, in den man hineinschauen konnte, wenn man den Elefanten umdrehte. Das Schiff und der Elefant gehörten immer zusammen, und als drittes kam eine Schale aus hellgrünem Stein dazu, mit der ich ebenfalls auf dem Sofa spielte. Alles mußte für mich als Kind seinen Platz und seine Ordnung haben, die Gegenstände standen von jeher da, wo sie standen, und jedesmal, wenn ich in das Haus kam, waren sie dort, wo sie hingehörten. Es war wie bei meinem Onkel im kleinen. Auch er brauchte immer Ordnung, wie ich mit vier oder fünf Jahren. Und mein Wikingerschiff, das Kindheitsschiff, war bei ihm der Wehrmachtspanzer und die Bergrettung und ist es ein Leben lang geblieben, im Gegensatz zu mir, der ich mich nicht einmal mehr für die Mondfahrt interessierte und auch nicht für Carrera-Rennbahnen mit Fernsteuerung und Tempomesser. Aber diese drei Gegenstände sind immer noch eine Welt, und alles davon ist fort und nicht mehr am Platz und nicht mehr in seiner Ordnung, wie auch mein Onkel, und ich muß jetzt in seinem Zimmer versuchen, alles wieder an seinen Platz zu räumen mit meinen eigenen Worten.

Kaum war die Großmutter tot, wurde das Haus einer neuen Verwendung zugeführt. Nichts blieb. Nur das Haus. Als ich es sieben Jahre später, 1999, erstmals wieder betrat, war ich erschrocken, ehrlich gesagt fast zu Tode. Seitdem hat dieses Haus mein Leben bestimmt. Dieses Haus, der Ort, die Straße, die Wetterau, und vor allem das Zimmer, in dem ich das hier schreibe. Und ich war ein Kind und lief durch das Haus und verliebte mich in es, in diese Mischung aus Tod und Leben, in dieses Haus, das schon damals zum großen Teil nur aus Erinnerung an die bestand, die vormals darin gelebt hatten. Das Haus in der Uhlandstraße war das, was da war, bevor meine Eltern kamen und das Haus im Mühlweg. Das Haus in der Uhlandstraße war wie aus einer anderen Welt in die Gegenwart versetzt. Ein Haus der Stille, kein Haus des Lebens. So lief ich durch das Haus, auch nach oben, zum Buchregal, wo ich immerfort die Reiseerzählungen aus den Reader's Digest-Heften meiner Großmutter las. Auch ich träumte ja als Kind, nicht nur mein Onkel. Er träumte von der Bergrettung, ich sogar von der weiten Welt in den Reader's Digest-Heften. Solange alles in Ordnung und noch unberührt war, ging das noch. Ich lief nach oben, holte mir ein Heft und setzte mich damit auf das Sofa (es war die Zeit, als meine Großmutter mir auch erstmals Weinbrandbohnen und Eierlikör gab, mit fünf oder sechs). Ich lebte in diesem Haus offenbar frei und war glücklich in dieser bodenlosen Melancholie (zu Hause konnte ich es nicht einmal mehr ertragen, mit einem anderen Geschwister gemeinsam in einem Raum sein zu müssen), aber dann ging oben die Tür auf, und der Onkel kam aus seinem Zimmer heraus, und alles wurde anders.

Aber noch bin ich, jetzt an diesem Tag meines Onkels J., erst zwei Jahre alt und gar nicht zugegen. Onkel J. befindet sich in unentschiedener Laune, als er aus seinem Zimmer kommt. Es stehen ihm sowohl Tätigkeiten bevor, die er unwillig ausführen wird, als auch Unternehmungen, auf die er sich freut. In solchen Zuständen war er meist wie ein köchelnder Vulkan, der sich je nach dem vorübergehend abkühlen und dann wieder erhitzen konnte. Zum Beispiel kommt er hinunter und will mit großen Ernst darangehen, den Variant aus der Garage zu fahren, denn nachher muß er ja die Ursel abholen. Er ist gelaunt, das Auto, die Welt, alles stimmt, ein Leben. Da sagt seine Mutter, er habe sich noch nicht geduscht. Der Vulkan beginnt zu köcheln (wieder verengen sich die Augen, kaum mehr zu sehen unter den Brauen, das geht von einem Augenblick auf den nächsten). Ein Disput entsteht, der mit einem Vergleich beendet wird: Er duscht sich, nachdem er den Variant aus der Garage herausgefahren hat. In Ermangelung einer Uniform zieht J. seine Jacke an, und gern hätte er auch zeremoniell den Autoschlüssel von einem eigens dafür vorgesehenen Schlüsselbrett genommen, aber der Schlüssel befindet sich lediglich an seinem Schlüsselbund in seiner Hosentasche, also muß diese Zeremonie entfallen. J. öffnet die Tür, sperrt sie fest, geht hinaus, schaut sich um, der Zuweg, die Garage, das Hoftor, alles noch da. Bevor er nun die Garage öffnet, läuft er zum Hoftor, denn selbstverständlich muß aus irgendwelchen Gründen zuerst das Hoftor geöffnet werden. Während er das Schwenktor öffnet, ist der Vulkan völlig erloschen, nur Freude ist da, da aber öffnet seine Mutter das Küchenfenster und sagt, warum er denn das Tor aufmache, er fahre doch noch gar nicht weg. Ei ja, ich wollte doch nur den Wagen hinausfahren, sagt er. Sie: Aber dafür brauchst du doch nicht das Hoftor aufmachen. J. buckelt, beginnt zu zischeln, macht kleine Handbewegungen vor sich hin, als schlüge er gerade jemanden tot, und schließt das Hoftor wieder. Seine schlechte Laune hält an, bis er wieder beim Garagentor angelangt ist. Es ist eine zwar nicht große, aber außergewöhnlich lange Garage, dort haben zwei Autos hintereinander Platz, es hat aber immer nur eines darin gestanden, denn Onkel J. hat den Variant erst nach dem Tod seines Vaters bekommen. In dem Augenblick, da J. den Schlüssel ins Schloß des hölzernen

Garagentors steckt, ist er bereits wieder verwandelt. Nun öffnet er sein Reich. Eben noch stand der Variant im Dunklen, nur beschienen vom kleinen Seitenfenster auf der Gartenseite der Garage, allein und abgestellt war er seit gestern, nun plötzlich wird es hell um ihn, und er guckt, rückwärts in der Garage stehend, mit SA-farbener Haube und kreisrunden Lichtern auf die Hofeinfahrt und die Uhlandstraße. Mein Onkel könnte nun einsteigen und ihn anlassen. Aber lieber zündet er sich zunächst noch geschäftig eine Zigarette an. Und er geht auch erst noch nach hinten und beschaut sich die Gartenwerkzeuge im rückseitigen Teil der Garage. Alles das empfindet er als sein Imperium, obgleich es nur ein Reich von Gnaden der anderen ist, der neuen Familie seiner Schwester. Ohne seinen Schwager hätte J. dieses Automobil nämlich gar nicht bekommen. Das Auto war nicht seinetwegen gekauft worden, sondern für den Haushalt meiner Großmutter, es machte J. zum Dienstboten der Familie und zum Chauffeur, aber das hat er, glaube ich, nie verstanden. Garage, Auto, er hielt das alles für seins, dabei führte er im Grunde bloß eine Bedienstetenexistenz, nicht auf Honorarbasis, sondern auf Autobasis. Aber weil er es nicht begriff, brachte er sich auch nicht um sein Glück. Er begriff auch nie, warum er nie ohne weiteres ins Forsthaus durfte, sondern immer erst noch das und das tun sollte. Die eigentliche Bestimmung des Variants waren

J.s Botengänge und nicht das Forsthaus Winterstein, zu dem er, wie ich glaube, aber auch gelaufen wäre, selbst wenn er dann drei Stunden unterwegs gewesen wäre. Früher hatte ihn sein Vater nicht von den Steinwerken im Automobil mit nach Bad Nauheim genommen, jetzt immerhin durfte er mit dem Auto zum Forsthaus Winterstein fahren, wenn auch zu seinem Preis.

Die Gartengeräte hinten in der Garage, die Sense, die Gartenschere, alles *eins a* geschliffen, bei einem ganz hervorragenden Scherenschleifer, beim besten Scherenschleifer weit und breit. Und der Rasenmäher die allerneueste Maschine. Alles beste und erste Qualität. Selbst der Variant war fast neu, war ihm gesagt worden (sie kannten ihn ja). Die Farbe hatte er sich nicht selbst ausgesucht, aber niemand hätte eine bessere für ihn finden können. Als hätten sie von Natur aus zueinander kommen sollen, Onkel J. und sein Variant-Kombi, VW Typ 3. Sogar als Feuerwehrautomobil wurde der Variant verwendet. Leider nicht bei der Polizei. Aber dennoch dienstliche Einsätze. Fuhr ein Feuerwehrvariant an meinem Onkel vorbei, wenn er in seinem Variant saß, dann bekam er gleich eine ernste, offizielle Miene, eine Einsatzmiene. Auch er im Einsatz. Dann war er fast dasselbe mit seinem Auto wie der Feuerwehrvariant mit dem Feuerwehrmann darin. Schnell vor Ort. Nachdem er nun die Gartengeräte bestaunt hat wie beim ersten Mal und auch mit seinem Finger über die eine oder andere Klinge gefahren ist (was ihm, dem Schmerzunempfindlichen, von der Mutter streng verboten war, aus verständlichen Gründen; allerdings tippte er wie immer nur leicht darüber – er spürte ja nichts und auch nicht die Schärfe, gehorchte also dem Gesetz und tippte nur dezent), öffnet er die Tür des Wagens und steigt ein. Steigt ein, wie andere in die Bergwand oder die Mondrakete oder die Messerschmidt steigen. Nun sitzt er drin. Alle Armaturen kontrollieren! Alle Armaturen noch da. Tacho da. Drehzahlmesser da. Schaltknüppel, alles an seiner Stelle. Lenkrad noch nicht angreifen! Rückspiegel kontrollieren. Türe bereits geschlossen? Türe geschlossen! Auch die Uhr kontrollieren, Uhrenvergleich mit seiner Uhr am Handgelenk. Uhrzeit normal, Vergleich richtig. Alles ordnungsgemäß und einwandfrei und startbereit, sämtliche Sicherheitsvorkehrungen durchgeführt und überprüft und bestanden. Gang raus, Kupplung treten, zünden. ZÜNDUNG! Fast ein Countdown. Der Wagen räuspert sich, gerät dann in ein rhythmisches Geräuscherzeugen, es klingt wie ein schwerfälliger Husten, der Variant beginnt zu vibrieren, jetzt verschluckt er sich, kommt in Schwingung, beginnt erneut zu husten, aber diesmal wie belegt, dann stottert er sich zur Betriebsbereitschaft und läuft nun. Zündung erfolgt. Jetzt ergreift Onkel J. das Lenkrad seines VW-Variant. Ein Pilot. Mit Blick in sämtliche Spiegel rollt nun zur Vorbereitung des weiteren Tagesverlaufs der Variant über die Garagenschwelle, Vorderhaube schon draußen, jetzt passiert mein Onkel den Torrahmen, schon ist er auf Höhe der Eingangstreppe, zwei Meter noch, dann stoppt er, kuppelt aus und betätigt die Handbremse. Der Variant steht nun in der Hofeinfahrt. Fünf Meter hat er zurückgelegt. Nichts genießt J. so sehr wie das Motorengeräusch, sein Lebensgeräusch (später, am Ende seines Leben, hustete er ganz ähnlich wie das Automobil). Mein Onkel macht vermutlich jetzt, was ich später so oft bei ihm gesehen habe, ähnlich wie es Motorradfahrer machen, begeistert von ihrer Maschine, oder Menschen mit einem Sportcabrio. Er steigt nämlich aus und läßt den Motor erst noch weiterlaufen. Er geht um den Wagen herum, betrachtet ihn, dann geht er nach hinten und schließt mit gewichtiger Geste und ganz offiziell die Garage. Die Wagentür steht derweil offen. In geheimer, geradezu mythischer Verbindung steht er jetzt mit dem Variant, J. hier am Garagentor und da vorn, fünf Meter entfernt, der Wagen, der läuft. Er läuft seinetwegen, da vorn. Wartet auf ihn. Ist seiner. Seine Maschine. Wie sie läuft! Wartet, wie es weitergeht. Bis er wieder einsteigt, wartet sie, seine Maschine. Fast lebendig. Und er steht ein bißchen weiter weg und ist, nein, nicht begeistert, sondern ergriffen. Beide gehören zusammen, unmittelbar, gerade im Augenblick der Trennung, er hier, der Variant da. Läuft seinetwegen, bis er ihn ausmacht. Wird gleich geschehen. Aber noch nicht sofort. Erst noch, zum Beispiel, die Scheibenwischer anheben und ganz genau prüfen. Und die Radkappen, sitzen alle richtig und fest? Noch einmal um das Auto herum. Dann steigt er wieder ein, rückt sich zurecht, ordnet seinen Polohemdkragen, schaut auf die Nachbarin, wie sie schaut, und schaltet seine Maschine ab. Sie steht nun im Hof und ist gut vorbereitet für alles Weitere, und die ganze Zeit bis zum eigentlichen Aufbruch wird er stets wissen, daß sie dort draußen steht, bereits vorbereitet, alles in Ordnung und eigentlich perfekt, alles ist gut.

Wie von einem großen Erlebnis kommt mein Onkel ins Haus zurück, steht unschlüssig im Vorraum und strebt dann zum Keller. Er wird dort ein wenig arbeiten. Wichtige Sachen will er dort unten tun, gerade heute, auch wenn er nur wenig Zeit hat. Das ist ihm gerade eingefallen. Der Pilot in seiner Werkstatt. Muß noch etwas verbessern. Noch letzten Schliff. Du hast dich aber noch nicht gewaschen, sagt seine Mutter. Nervöses Zucken im Gesicht des Onkels, wieder ergießt sich Lava in sein Gemüt. Der Disput verschärft sich nun. Wobei die Großmutter niemals sagen würde, daß er unreinlich sei bis zum Gestank. Sie hielt es bei ihm mit dem Waschen immer so, daß sie körperliche Reinigung als einen bloßen Akt der Anständigkeit darstellte, ohne in die Details zu gehen. Ich weiß ja bis heute nicht, ob mein Onkel wußte, wie er roch. Du kannst doch nicht auf den Friedhof gehen, wenn du dich nicht gewaschen hast, konnte sie sagen. Oder: Du mußt dich doch gewaschen haben, wenn du die Ursel abholst! Warum er sich bis dahin gewaschen haben mußte, wußte er vielleicht gar nicht. Jetzt sei doch ordentlich und geh dich waschen, dann fühlt man sich auch gleich ganz anders. Mein Onkel konnte sich nur geschlagen geben, jaja zischeln und schließlich verständnislos zur körperlichen Reinigung schreiten, und ich habe noch das Bild vor mir, wie die Großmutter in den späteren Jahren, wenn J. ausgegangen war, in den Keller hinabstieg, um dort seine liegengelassene Wäsche schnell und routiniert zu einem Paket zusammenzuraffen, sofort in die Waschmaschine zu stopfen, diese anzuschalten und im selben Atemzug sämtliche Fenster zu öffnen. Nun aber, im Jahr der Mondfahrt, existiert noch gar kein Badezimmer im Keller (der Schwager wird es erst in den folgenden Jahren in Auftrag geben), nur die kleine Werkstatt ist schon eingerichtet aus Resten und Abfällen der großen Firma Steinwerke Karl Boll in Friedberg in der Wetterau, Mühlweg 12. Daher steigt J. in den ersten Stock. Ob er sich im Badezimmer duschte oder lediglich in seinem Darkroom am Waschbecken wusch, weiß ich nicht. Zumindest kommt er nach einer Weile herunter, vorläufig sauber, ordentlich gekämmt, nicht weniger vorzeigbar als früher als Jugendlicher, als er eine gewisse Ähnlichkeit mit dem jungen Glenn Gould hatte, und mit einem neuen, graubraunen Polohemd angetan. Er ist nun voller Schwung und guter Laune und freut sich auf das Forsthaus Winterstein, wenngleich er zunächst noch einmal widerwillig sämtliche Aufträge von seiner Mutter repetiert bekommt. Als da wären Blumensiebert, Friedhof, Ursel, Einkaufen und Friseur. Noch einmal erklärt sie ihm, in welcher Reihenfolge alles am besten zu erledigen wäre, und er sagt dazu nur leise jaja.

Und nun ist er bereits am Gartenzaun, öffnet das Tor, sitzt im Variant, und während er aus der Einfahrt hinausfährt, sieht er, wie seine Mutter wie immer am Küchenfenster steht und ihm zum Abschied winkt. Er winkt ebenfalls. Das Winken hatte bei beiden stets dazugehört. Noch etwas mitnehmen auf den Weg. Das Winken die ganze Zeit mitnehmen, solange man weg ist. Als könne man das Winken noch über eine ganz große Distanz sehen (dazu war es ja ursprünglich auch da). So bleibt die Verbindung immer hergestellt zwischen ihnen, eben wie bei der Ente auf dem Bad Nauheimer Kurteich und ihrem Entenjungen.

Jetzt biegt er auch schon nach links auf den Eleonorenring ab. Nun ist er ganz allein. Nach hundert Metern kommt die Ampel, da stehen sie zu zweit und bald schon zu dritt. Drei Autos warten an der Ampel, daß sie weiterfahren dürfen, mit Menschen darin, sie schauen auf das rote Licht und warten. Alles hat seinen Ablauf und seine Ordnung, man muß es erst einmal lernen. Die Berechtigung erwerben. Ein kompliziertes System. Nun springt die Ampel auf Rot und Gelb. Die drei Autos wissen, gleich dürfen sie weiter. Mein Onkel hat alles genau gelernt, er muß warten, bis das gelbe Licht zum roten dazukommt, und dann wird es auf das grüne Licht umschalten, da kann man dann losfahren und hat sich beim gelben Licht schon innerlich darauf vorbereitet. Das gelbe Licht ist das Warte-Licht, es sagt, jetzt darfst du bald. Es duzt einen. Im Automobilverkehr wird immer geduzt. Man duzt die anderen im Geist, man wird von der Ampel geduzt, und wenn man jemandem ins Auto fährt, duzt der einen auch gleich. Und wenn man, wie mein Onkel jetzt, nach Friedberg fahren will, also nach rechts, muß man den Blinker nach oben drücken, denn oben bedeutet beim Blinker rechts. Links ist unten, rechts ist oben. Höhere Mathematik. So ist mein Onkel ein hochausgebildeter Automobilpilot und fährt unter Ampelbeachtung und hier ein Pedal drückend und da ein Pedal drückend und nach vorn und nach hinten schauend quasi mutterseelenallein die zwei Kilometer lange Straße nach Friedberg, an der links und rechts nichts liegt außer Feldern und von der man überall in die Wetterau blicken kann. Zwischen Bad Nauheim und Friedberg ist im Jahr der Mondlandung noch gar nichts außer der Bahnstrecke, man kommt komplett über Land. Nur ein Bushaltestellenhäuschen in der Mitte zwischen beiden Orten. Da steht aber niemand. Wer da stünde, käme aus Schwalheim, wäre unter der Bahntrasse hindurchgelaufen und befände sich auf dem Weg nach Friedberg. Macht aber keiner. Den Busverkehr nimmt keiner in Anspruch (in meinem ganzen Leben wird da fast nie einer stehen, nie wollte jemand zu Fuß von Schwalheim zur Bushaltestelle und dann weiter; alle blieben lieber gleich zu Hause oder fuhren später mit dem Auto, als sie endlich eins hatten). Oben der Himmel in seinen ganz verschiedenen Farben und Wolkengestalten, blau, gelb, grau oder rot, rechts der Taunus, dazwischen Korn, Raps, ein paar Apfelbäume, hin und wieder eine Katze, hin und wieder ein Reh, hin und wieder ein Automobil, einsam durch die Dämmerung mit eingeschaltetem Licht oder heran in flirrender Spätsommerhitze zwischen den abgeernteten Feldern, zum Beispiel mein Onkel, der jetzt aber Friedberg auch schon erreicht hat, beim Blumensiebert auftragsgemäß die Blumen holt und dann vor dem Friedhof auf der Straße parkt. Einen eigenen Parkplatz besitzt der Friedhof noch nicht.

Mein Onkel öffnet das Friedhofsgatter und geht dienstbeflissen an der Friedhofsmauer entlang bis zu der Stelle, wo wir liegen, stellt die Blumen ab, dann geht er zum Wasserhahn, nimmt sich eine Gießkanne, füllt sie, kommt ans Grab zurück und gießt nun die Pflanzen, derweil er *immer ich* vor sich hinzischelt. Überall Blumen und Hecken um ihn herum, je nach Jahreszeit Rosen, Lavendel, Tulpen. Lilien auf den üppigeren Gräbern, die mit mehr Geld gepflegt werden als die anderen, es handelt sich hierbei vor allem um die Gräber an der Friedhofsmauer, die Honoratiorengräber. Tempelchen, Stelen, weibliche Trauerfiguren mit Siegeskranz in der Hand, den sie nach unten hängen lassen, einen Arm gramgebeugt auf den Grabstein gestützt. Die Frauenfiguren sind, wie mein Onkel bemerkt, jung und hübsch, nur leider aus Metall, kann man nicht wirklich. Aber vielleicht doch einmal probieren? Hat er sie nie angefaßt? Man kann ihnen nicht in den Schritt fassen, denn das Kleid ist aus Metall, aber immerhin die Hand auf den Po, denn dort fällt das eherne Gewand leicht und schmiegt sich an, es ist ja Reformkleidung. Alles da und genauso rund wie in Natur, man kann es fühlen. Mein Onkel und der Jugendstil auf dem Friedhof in Friedberg in der Wetterau. In den Bäumen hört man einen Zilpzalp, ein Fink ist auch da, und Tauben. Überall Natur und Tote. Manchmal ist ein Baum voller Goldhähnchen. Da stand schon mein Onkel davor, und da stehe ich als sein Wiedergänger heute manchmal davor. Die Goldhähnchen von damals sind ebenfalls schon alle tot, aber immer noch da, wie wir. Oben noch die Goldhähnchen, wenn auch andere, und unten immer noch ein Boll, wenn auch nur ich und nicht mehr der Onkel. Alles da, aber schon nicht mehr da. Und ich lege mit allen meinen Worten nun den Grabstein darüber. Und auf den Grabstein noch einmal Rosen und Lilien. Und Iris, je nach Jahreszeit. Ob mein Onkel die Rosen, die Lilien und die Iris riecht? Ob er den Kallheinz trifft (na, schon wieder zu Hause?)? Er steht vor dem Grabstein und liest die Namen. Melchior Boll, Ida Boll, August Boll, Karl Boll, Wilhelm Boll, da ist ja nur noch Platz für einen auf dem Grabstein, wie J. gerade bemerkt. Vielleicht bemerkt er es jedesmal, vergißt es aber gleich wieder, denn der letzte Platz gebührt, vorausgesetzt, die ordentliche Reihenfolge wird eingehalten, seiner Mutter. Dann wird da stehen: Auguste Boll. Seine Schwester hat nun ihre eigene Familie und ein ganz anderes Grab. Sein jüngerer Bruder hat auch bald seine Familie. Und er, J., wo soll er hin? Zur Mutter und den anderen? Aber er paßt nicht mehr auf den Grabstein. Ganz woandershin, in die Ecke mit den Einzelgräbern, die alle immer so klein sind, viele nur mit Holzkreuz? So gießt Onkel J. das Grab seiner Familie. Murrend steht er da, macht sich schlechte Gedanken oder gar keine, läuft noch zweimal zum Wasserhahn und kommt nicht auf den Gedanken, die Blumen zu richten oder den Nelkenstrauß zu entsorgen, der schon wieder vierzehn

Tage alt ist. Er hat ja nicht den Auftrag dazu. Auch daß vom Grab linkerhand eine in die Erde gestochene Plastikblumenvase herübergefallen ist, führt nicht zu einer Reaktion seinerseits. Es fällt ihm gar nicht auf, sein Auftrag lautet, die Blumen zu wässern. Stille. Um ihn herum, aber in gehörigem Abstand, die alten Wetterauer, die sich um ihre Verwandtengräber kümmern, immer treten sie paarweise auf und beugen sich mit Mühe Richtung Erde und Grab. Meistens in langsamen Bewegungen, manche streiten sich dabei. Das Grabrichten gehört bei den Rentnern dazu wie das Haushaltmachen, bei beidem kann es zu kleinen Streitigkeiten kommen.

Er: Wo ist denn wieder die Gießkanne?
Sie: Am Brunnen.
Er: Aber wir waren doch eben am Brunnen.
Sie: Und warum hast du sie nicht mitgenommen?
Er: Ich trag doch schon die Blumen.
Sie: Ja, dann sag doch was!
Etcetera.
Man hört sie nicht, man sieht sie nur gestikulieren. Fast hat man den Eindruck, der Friedhof verwandle sich unter der Hand in ein Wohnzimmer aus der Kernstadt oder dem Barbaraviertel (der Friedhof liegt dazwischen). Auch gekleidet sind sie wie zur Haushaltsarbeit. Heute Grabreinemachen. Die Frauen meist in Kittelschürzen. Die Männer beim Hinabbeugen stets mit gewaltigen Hosenböden und aus-

einandergewinkelten Knien, kommen sie wieder hoch? Die Frauen lassen die Knie gleich gerade und strecken ihre Hintern Richtung Himmel, als seien sie, ganz zum Schluß, doch noch einmal eine Blume wie ehedem vielleicht vor fünfzig Jahren. Eine Blume, die den Himmel sehen will. Die noch einmal in den Himmel wächst. Dabei bewirtschaften sie nur gerade ihre Toten. Jeden Tag findet sich auf dem Friedberger Friedhof die Friedberger Friedhofsgesellschaft ein und bewirtschaftet privat und paarweise die Friedberger Gräber, und gleich darauf werden sie mit einer Bierflasche an der Usa in ihren Schrebergärten herumsitzen. Das ist der allnachmittägliche Tagesausflug: erst auf den Friedhof, dann in den Schrebergarten, abends vielleicht noch der Mann in die Dunkel oder in die Schillerlinde oder zum Hanauer Hof oder ins Goldene Faß oder ins Licher Eck auf die Kaiserstraße. So ging fast jedes Leben zu Ende damals, ich kann mich gerade noch daran erinnern, und heute stehen sie immer noch paarweise auf dem Friedhof herum (ich immer allein), nur sind es die Nachkommen der vorigen. Mein Onkel bemerkt sie nicht, er hat seine Aufgabe. Nun beendet er gerade die dritte Kanne. Alles still, nur die Vögel und das Plätschern des Wassers. Ei der Herr Boll, sagt jemand. J. schaut sich um und sieht, wie Rudi Weber mit seiner Schwester herangelaufen kommt. Die Schwester hat ihn gegrüßt.

Ei Rudi, sagt J. Zur Schwester sagt er Guten Tag.

Rudi Weber: Na, kümmerst du dich ums Grab deiner Familie?

Ei ja, sagt J.

Ja, sagt der Rudi, wir haben das schleifen lassen, seit zwei Wochen. Wenn du dich mal zwei Wochen nicht drum kümmerst, sieht alles gleich ganz schlimm aus, man könnte grad wieder von vorn anfangen.

Ei ja, sagt J. sachlich.

Wie geht's Ihnen denn, Herr Boll, fragt die Schwester.

Ja, gut, sagt J.

Und Ihrer Mutter?

Danke, gut, sagt J.

Und Ihrer Schwester?

Ei ja, gut, sagt J.

Ihre Schwester bewundere ich ja schon, wie sie das alles hingekriegt hat. Stell dir vor, Rudi, sie leitet jetzt die Firma, die Steinwerke.

Weiß ich doch, sagt Rudi Weber.

Sie: Wieviel Kinder hat sie jetzt?

J.: Drei.

Sie: Und jetzt bauen sie ja auf dem Grundstück, habe ich gesehen.

J.: Ei ja.

Sie: Was ist ihr Mann noch gleich?

Rudi Weber: Rechtsanwalt.

J. bestätigt, Rechtsanwalt, aus einer ganz hohen

Beamtenfamilie. Eine ganz hohe Frankfurter Familie. Der Schwiegervater ist in Frankfurt Oberpräsident.

Sie: Oberpräsident?

J.: Ja, Präsident ... Präsident ... von allem. Ein ganz großes Gebäude, die Oberverwaltung. Vielleicht das größte Verwaltungsgebäude in ganz Hessen!

Sie: Und da heiratet er nach Friedberg, sieh mal einer an.

Ja, sagt J.

Sie: Und geht es denn heute noch in die Wirtschaft?

Er wolle noch, sagt J., ins Forsthaus Winterstein, da seien die Woche die Jäger gewesen, sie hätten gejagt, auf dem ganzen Winterstein, eine große Jagd, eine ganze Jagdgesellschaft, er habe schon gestern hingehen wollen, er habe auch schon vorgestern hingehen wollen. Schon seit Tagen habe er vor, ins Forsthaus Winterstein zu gehen.

Gut, wir wollen dich nicht aufhalten, sagt Rudi. Oder können wir dir was helfen?

Und während Webers Schwester noch einmal von J.s Schwester anhebt, die, wie sie sagt, früher ein so hübsches Mädchen auf der Schule gewesen sei, mit tiefschwarzen Haaren, aber da habe es noch so ein anderes Mädchen gegeben, und da habe sie manchmal gedacht, wo das wohl hingehen werde, aber dann sei sie ja auch aufs Internat gekommen, wenn sie sich recht erinnere, wo war es noch gleich ... im Rheinland? In Bensheim, korrigiert J. ... während also das Gespräch solcherart neu anhebt, überblickt Rudi Weber den Zustand des Bollschen Familiengrabes, schneidet mit seiner Schere ein paar Zweige zurecht, nimmt die verwelkten und ausgedienten Nelken vom Grab, verstaut den Blumentopf hinter dem Grabstein, richtet die Sträucher und räumt auch die vom Nachbargrab herübergefallene Plastikblumenvase wieder auf das Nachbargrab. Rudi Weber hat einen Blick für Ordnung, am liebsten würde er noch die Grabplatte fegen, aber leider hat er keinen Besen zur Hand, deshalb nimmt er sich vor, nachher (denn er muß noch einmal auf den Friedhof zurückkommen, weil seine Schwester die Stiefmütterchen für das Grab vergessen hat) auch gleich das Bollsche Grab ausnahmsweise mitzufegen, denn wenn J. heute auf dem Friedhof ist, kommt die Schwester J.s sicherlich frühestens in einer Woche ans Grab, und der Blumensiebert läßt sich auch nur selten auf dem Friedhof blicken, und Gräber fegen tut der Blumensiebert schon gar nicht, sagt sich Weber aus Erfahrung. Und wenn die Schwester nächste Woche das Familiengrab so sieht, wird sie sicherlich nicht zufrieden sein. Der J. Boll hat für Rudi Weber immer zu denen gehört, die es eben nicht so leicht haben, aus dem ein oder anderen Grund, und denen man deshalb immer ein bißchen helfen muß, damit auch so jemand seinen Gang gehen kann, denn er kann ja nichts dafür. Für so eine Behinderung, denkt er oft, kommt der J. eigentlich ganz gut durch. Kann sogar seiner Familie ein bißchen helfen, und man muß ihm ja nicht auch noch zeigen, daß er ein kompletter Vollidiot ist, ein Vollidiot mit Führerschein (und Variant). So stehen sie noch zwei, drei Minuten am Grab und schauen zum Abschluß gemeinsam schweigend zu dritt auf den Grabstein, die darauf versammelten Namen und den darüber eingemeißelten Grabspruch.

Hier harren der Auferstehung

Dann gehen sie auseinander, und während J. dem Brunnen zustrebt, um dort die Kanne mit einem Fahrradschloß anzuschließen, zuckt Weber die Schultern, als wolle er sich seiner Schwester gegenüber entschuldigen, und zeigt J. hinter seinem Rücken pflichtgemäß einen Vogel (den Finger mehrfach an die Stirn tippend), um seiner Schwester ordnungsgemäß und regelgerecht anzuzeigen, daß er natürlich wisse, daß J. ein Idiot sei, und daß er sich genau deshalb ihm gegenüber so verhalte wie eben. Und indem die Schwester noch sagt, J.s Familie und gerade auch der neue Mann, wenn er aus einer so hochgestellten Familie kommt, hätten doch wirklich genug Geld, sich selbst um ihr Grab zu kümmern, da müsse man bei denen doch nicht auch noch aufräumen, verschwinden die beiden langsam im Sonnenlicht des Nachmittags zwischen den Linden und Kastanien, den Rosen und den schwarzen, marmorierten Grabsteinen aus unseren Steinbrüchen ...

7

Nun fährt J. folgende Strecke: Vom Friedhof fünfzig Meter die Schmidtstraße, dann rechts einbiegen in die Gebrüder-Lang-Straße, nach hundert Metern rechts in die Untere Liebfrauenstraße, da kommt nach weiteren hundert Metern der Mühlweg mit unserem Grundstück. Erst die Apfelbäume, dann der Ort, wo die Ställe standen, da ist gerade die Baugrube (da bin ich aufgewachsen), dann die Firma, eine Halle nach der anderen, teils verglast, alles hinter einer großen schwarzen Mauer mit weißen Fugen. In der Mitte das Verwaltungsgebäude, eine alte Mühle, die sogenannte Falksche Mühle. Eine Mühle ohne Mühlrad, denn der Fluß, der hier früher verlief, ist schon längst verlegt und umgeht jetzt sein altes Flußbett und auch unser Firmengrundstück. Immer mußten sie umgehen, die Wetterauer, und immer vor allem sich selbst. Vor der Mühle befindet sich das große Eingangstor, durch das die Arbeiter geschäftig ein- und ausgehen und die Transporter hinein- und wieder hinausfahren, wenn auch nicht mehr so häufig wie unter Wilhelm Boll, denn die Geschäfte laufen nicht mehr gut im Jahr der Mondlandung. Wie immer würde mein Onkel gern den Variant durch das Tor hineinfahren (so wie sein Vater stets seinen Wagen dort hineingefahren hat), aber auf dem Firmengelände steht der Variant immer nur im Weg, also läßt er es lieber sein und stellt sein Automobil auf der Straße ab. Auf dem Trottoir steht er eine Weile und beschaut sich die Baugrube meines Elternhauses. Das größte Haus im ganzen Barbaraviertel. Ein Haus der Onkel-J.-Superlative. Das glaubt er, obgleich er noch gar nichts sieht (am Ende wird es wirklich so groß, ich bin tatsächlich in einem Onkel-J.-Superlativismus aufgewachsen). Die Arbeiter arbeiten teilweise, trinken gerade allesamt Bier, und J.s Schwester steht bei ihnen und gibt sachlich die erforderlichen und ordnungsgemäßen Anweisungen, fast wie ein Vorarbeiter. Woher sie das kann? Dann spaziert J. zur Firma hinein und wird überall hochachtungsvoll und freundlich begrüßt. Tatsächlich wissen alle, das ist der Sohn vom verstorbenen Chef, und alle bringen ihm gegenüber Respekt zum Ausdruck. J. ist von ihnen schon früher, als junger Mann, hier gern gesehen worden, die meisten hatten damals noch nicht begriffen, daß er ein Idiot war. Die Familie des Chefs war für die Belegschaft mit dem Chef quasi identisch, wie in Personalunion. Auch wenn einige bald begriffen hatten, daß der Chef mit seinem Sohn nicht auf gutem Fuß stand und der Sohn überdies nicht ganz gewöhnlich war, um nicht zu sagen, nicht ganz normal. Und sie hatten ihn tatsächlich ein wenig in die Firma einzuführen versucht, sie hatten ihm die Maschinen erklärt, manchmal ein Werkzeug in die Hand gedrückt, manchmal hatte er in einem Laster über den Hof mitfahren oder beim Schweißen zusehen dürfen (mit Schweißermaske vor dem Gesicht), aber das lag schon lange zurück. Heute war J. kein Kind und kein Jugendlicher mehr, man ließ ihn nicht mehr im Laster mitfahren ... Heute war J. für sie ebenso die Chefetage wie die Schwester, auch wenn sie inzwischen alle wußten, wie es um ihn stand. Ihn beleidigen hätte bedeutet die Firma beleidigen. Auf diesen Gedanken wäre niemand gekommen.

So betritt mein Onkel die Firma im zweiten Jahr nach dem Tod seines Vaters, meines Großvaters, und die ganze Welt ist überraschend in Ordnung. Er ist fast ein Chef. Der Bruder der Direktorin. Er geht in die Mühle zu Frau Rauch, der Sekretärin, und wartet auf seine Schwester. Auch hier wird er mit Achtung behandelt, Frau Rauch sagt: Herr Boll, darf ich Ihnen einen Kaffee bringen? Eigentlich kennt mein Onkel so eine Behandlungsweise gar nicht. Da mußten schon zwei Dinge zusammenkommen, nämlich daß Wilhelm Boll inzwischen tot ist und daß J. jetzt wieder öfter im Mühlweg auf dem Firmengelände verkehrt, eben weil er den Variant zur Verfügung gestellt bekommen und mit dem Automobil stets verschiedene Dinge unter anderem für seine Schwester zu erledigen hat. Die Autorität, die Wilhelm Boll in der Firma hatte, hat sich auf seine Nachfolger übertragen, in erster Linie natürlich auf die Schwester, die nun die Verantwortung trägt, aber auch auf J. und den jüngeren Bruder, der ebenfalls neuerdings auf dem Firmengelände empfangen wird, als sei er leitend. Frau Rauch bringt meinem Onkel einen Kaffee, zündet sich eine Zigarette an, und mein Onkel zündet sich ebenfalls eine Zigarette an. Die Zigaretten liegen in einem kleinen Holzkästchen auf dem Tisch und gehören ganz offiziell zur Büroausstattung und erscheinen auch so in der Buchhaltung. So sitzt mein Onkel da und wartet, in einem alten Zimmer, Balken um ihn herum, Linolboden und Aktenschränke, graugestrichen und aus Blech, mit Rolladenverschluß. Die Mühle ist einige Jahrhunderte alt und nun Büro. Das Büro muß damals selbst schon uralt gewesen sein und hielt auch nicht mehr lange vor, denn fünf Jahre später existierte die ganze Firma nicht mehr, und wenige Jahre später stand auch die Mühle nicht mehr. Vielleicht bin sogar ich im Büro, schon zurück vom Zahnarzt und kurze Zeit bei Frau Rauch abgeliefert. Ich kann mich an Frau Rauch (die immer rauchte und daran auch starb) ebenso erinnern wie an die Büroeinrichtung. Ich konnte mich immer gut bei Frau Rauch aufhalten. Überhaupt ging ich als Kind, als ich fünf, sechs Jahre alt war, gern in die Firma, wenn ich nicht bei meiner Urgroßmutter Else, der Mutter von J.s Vater, oder in der Uhlandstraße bei meiner Großmutter war. Zu Hause hielt ich es ja unter meinen Geschwistern nicht aus, und in der Firma konnte ich weitestgehend allein bleiben. Oft, während Frau Rauch rauchte, saß ich auf einem Stuhl und betrachtete die ganzen Buchführungsbücher und die Schreibmaschine und die versammelten Kugelschreiber und Bleistifte und die Spitzer und den Klebestift und den Schwamm, mit dem man die Briefmarken befeuchtete, diese ganze uralte, heute nirgendwo mehr existente Büroform von damals, es sah aus wie bei der Firma Hesselbach im Fernsehen. Ich saß bei Frau Rauch stets im Rauch, und wenn ich an jenem Tag, den ich hier beschreibe und erfinde, dem Tag meines Onkels, ebenfalls anwesend war, im Alter von zwei Jahren, dann sitze ich im doppelten oder dreifachen Rauch, denn sowohl Frau Rauch als auch mein Onkel rauchten, und wenn ein Arbeiter hereinkommt, raucht der natürlich auch. Das Büro war klein, völlig vollgestellt, alles mehr oder minder windschief, die Decken des Hauses hingen durch und werden, von damals aus gesehen, bald auch schon einstürzen, vielleicht kam es mir als Kind schon so vor, als säße man hier in der eigenen Vergangenheit. Ob sie in diesem Büro von der Zukunft träumten? Ob sie auch hier bereits wie ergeben auf die neuesten technischen Neuerungen warteten? Bei der Mondlandung hörten sie immerfort das Wort Computer, und dabei kannten sie bis *dato* noch nicht einmal den ersten

Taschenrechner. Frau Rauch war die Meisterin der Aktenschränke. Noch schrieben sie alles mit Durchschlagpapier, in den Aktenschränken saß der Tabakgeruch, Frau Rauch aß Wurstbrote in Butterbrotpapier und bisweilen eine Zwiebel, und ihre Zigaretten ließ sie in einem Aschenbecher verschwinden, dessen Deckel auf mechanischen Knopfdruck hin sich kreiselnd öffnete und dann wieder verschloß. Nichts war in diesem Büro elektrisch außer dem Licht, abgesehen vom Kühlschrank, den sie natürlich auch hatten, für das Bier. Im Keller der Mühle stand stets ein Bierkasten als Nachschub. Dieses Haus, das in vierhundert Jahren nie veraltet war, wird, vom Jahr der Mondlandung aus gesehen, in den nächsten Jahren ganz schnell veralten und dann auch bald zusammenbrechen. Aber noch beherbergte es das Büro der Steinwerke Karl Boll und befand sich mitten im Leben, auch der Seniorchef, Karl Boll, der die Firma seit 1930 geleitet hatte, J.s Großvater und mein Urgroßvater, war ja erst kurz zuvor gestorben. J.s Vater und Großvater, beide starben im selben Sommer, an dessen Ende ich kam als letztes Mitglied der neuen Familie. Eben noch hatte mein Urgroßvater als Seniorchef in der Mühle gesessen und seine Zigarre geraucht im aktiven Ruhestand, und jetzt hing er bereits als Fotografie in der Mühle, wie er einstmals in der Mühle saß und rauchte, daran geheftet noch der Trauerflor vom Sommer 67. Seine Buchstaben auf dem Grabstein waren noch ganz weiß und frisch. Da sitzt er auf dem Foto beim hundertjährigen Firmenjubiläum und ist bereits ein Greis und ein Honoratior. Für mich ist das Büro der Firma, in dem Frau Rauch arbeitete, das älteste Stück Welt, das ich kenne. Ohne es zu merken, lebte ich darin in einer ganz anderen Zeit, ich lebte in diesem Büro noch vor dem Krieg, von dem ich nie gehört hatte, ich lebte noch in der Zeit der Weimarer Republik und eigentlich noch in der Kaiserzeit, auch wenn Frau Rauch bereits mit einem Audi 100 in die Firma kam. Jeden Tag kam sie sieben Kilometer herangefahren, von Nieder-Mörlen, dieselbe Distanz, die meine Urgroßmutter Else täglich zu Fuß gelaufen ist, um ihre Verwandtschaft zu besuchen, heute würde Frau Rauch, lebte sie noch (was, wie gesagt, nicht der Fall ist), die Ortsumgehung nehmen. Frau Rauch hatte die Stimme einer Raucherin, sie sprach tief.

Mit gelbbraunen Fingern sitzt mein Onkel da in seinem graubraunen Hemd und raucht und schaut auf die Straße auf seinen nazibraunen Variant, Frau Rauch hustet gerade. In den siebziger Jahren wird sie noch viel mehr husten und dann auch schon tot sein. Jetzt kommt die Schwester. Die muß erst noch zum Metzger und dann noch zum Edeka. Falls ich da bin, sagt sie mir wahrscheinlich, daß ich noch bleiben solle und die Urgroßmutter mich später zu sich hole (ob ich bereits so alt bin, daß ich es verstehe, weiß ich nicht). Also bleibe ich im Rauch bei Frau Rauch, die sich eine neue Zigarette ansteckt, und mein Onkel und meine Mutter verschwinden eilends, denn bald muß sie zu Hause sein und sich um meine Geschwister kümmern, das Abendessen muß vorbereitet werden und so weiter. Meine Mutter schreitet nun über das Firmengelände und wird von allen höflich verabschiedet, was sie mit einem etwas verlegenen Lächeln quittiert, denn noch bis vor kurzem hatte sie sich nicht vorstellen können, plötzlich Herrin über einen so großen Betrieb zu sein. Sie trägt vermutlich einen leichten, hellen Mantel, ich kann mir auch ein Halstuch vorstellen, der Mantel ist etwa knielang, die Haare dezent toupiert. Sie ist vierunddreißig. Schnell läuft sie über die Straße und nach links zum Metzger Blum an der Straßenecke, und mein Onkel steigt in den Wagen und fährt ihr nach.

Der Metzger Blum hat seinen Laden im Erdgeschoß eines kleinen Wohnhauses, drei Stufen führen zum Laden hinauf, mein Onkel bleibt stehen, dann kann die Ursel gleich vom Metzger in den Wagen »reinspringen«, wenn sie fertig ist. Gekachelte Wände, eigentlich ist der Raum leer, nur rechterhand eine kleine Theke, und dahinter hängen das Fleisch und die Würste über dem Fleischwolf. Mein Onkel sieht die junge Frau Blum und die Ursel durch die große Fensterscheibe beim Verkaufsgespräch. Die junge Frau Blum nimmt die Cervelatwurst, dann die Bierwurst, dreihundert Gramm Aufschnitt vielleicht, und packt alles in Butterbrotpapier. Meine Mutter im Mantel, wie ein Windstoß ist sie zum Blum hineingefahren, und die junge Frau Blum in Kittelschürze, wie immer. Jetzt noch Hack. Halb halb. Samstags gibt es immer Frikadellen, vielleicht ist ja heute Freitag, dann hat sie für morgen schon vorgesorgt. Nach dem Zahlen wird noch weitergeredet. Jetzt wird sogar gemeinsam gelacht, stumm hinter der Glasscheibe, während meine Mutter ihr großes Portemonnaie in die Handtasche zurücklegt, die sie sich unter den Arm steckt, um das Fleischpaket in beide Hände nehmen zu können. Jetzt steht sie noch eine Weile mit dem Fleischpaket in den Händen da, es gibt immer noch zu reden, wofür hat sich mein Onkel eigentlich so beeilen sollen? Vielleicht bleibt sie ja noch eine halbe Stunde da stehen, und dann kommt am Ende noch die alte Frau Blum in Kittelschürze oder die Frau Siebert vom Blumensiebert dazu oder die Frau Jakumeit, und es werden überhaupt sämtliche Nachbarschaftsinformationen komplett auf einmal bis zur Neige ausgetauscht, und sie reden bis zum Abend und bis in die Nacht, während mein Onkel im Variant sitzt und dort drinnen in der Metzgerei alles lacht und sich freut und fröhlich ist und er nicht zum Forsthaus Winterstein kann, worauf er ein Maschinengewehr nimmt, aussteigt, zuerst alle im Metzgerladen erschießt und tötet und massakriert, und dann läuft er gleich noch auf die Straße und erschießt die Vorbeikommenden und am besten gleich den ganzen Mühlweg, bis dort ein Leichenberg von fünfhundert Personen liegt, und dann steigt er in seinen Variant und fährt ins Forsthaus Winterstein und bestellt dort ordnungsgemäß und regelgerecht ein Bier und mindestens einen Doppelkorn. Es kommen aber weder Frau Siebert noch Frau Jakumeit noch die alte Frau Blum, und meine Mutter ist auch schon wieder aus dem Laden heraus, hält sich auf den drei Stufen am kleinen Geländer fest und schaut aufmerksam unter sich, Stufe für Stufe, denn sie trägt Schuhe mit Absätzen, da kann man leicht stolpern. In ihrem Gesicht immer noch ein Lächeln. Nun »springt« die Ursel in den Wagen und führt gleich das eben beim Metzger Blum angefangene Gespräch fort. Ach, die Frau Blum, sagt sie. Jetzt hat ihr Bruder ein Moped, und immer rennt ihm der Dackel hinterher. Der braucht sein Moped doch auch nur, um in die Wirtschaft zu fahren. Und immer der Dackel hinterher, wie der Pluto vom Großvater, der ist auch immer hinterher, wenn der Opa Karl zum Goldenen Faß ist, äh, bieg doch hier grad noch schnell zum Edeka ein. Mein Onkel biegt auf die Gebrüder-Lang-Straße zum Edeka ein. Gell, wart hier kurz, sagt sie, ich brauch nicht lang. Woraufhin sie in den Edeka verschwindet. Immer ist sie in Eile, aber immer wird sie aufgehalten, und freilich muß sie im Viertel viele Gespräche führen, alle kennen sie jetzt, die Direktorin der Steinwerke im Barbaraviertel. Lange Tradition. Mein Onkel hält sich, während er wartet, die ganze Zeit am Lenkrad fest, als würde er noch immer fahren, und starrt unter seinen kohlrabenschwarzen Augenbrauen vor sich hin durch die Windschutzscheibe aus dem Variant hinaus auf die Straße, denn dort läuft möglicherweise gerade die fünfzehnjährige Elke Schuster vorbei und trägt einen sehr kurzen Rock oder vielleicht sogar einen Minirock im Stil der damaligen Mode, und Brüste hat sie auch. Im Kopf meines Onkels wird alles leer und wortlos, und die Augen treten ein beträchtliches Stück aus ihm heraus. Vielleicht läuft aber gerade doch nicht die fünfzehnjährige Elke Schuster vorbei, sondern mein Onkel starrt tatsächlich einfach nur vor sich hin, beide Hände am Lenker, was soll er sonst tun? Nach einigen Minuten kommt meine Mutter mit einer Einkaufstüte aus dem Edeka heraus und zeigt sich begeistert von der neuerlichen Erweiterung des Sortiments, fast alles kann man inzwischen beim Edeka kaufen, man muß eigentlich nirgendwo anders mehr hin. Früher, sagt sie, mußte man noch auf die Kaiserstraße zum Kissler oder in die Altstadt zum Bäcker Mörler, aber die Brottheke im Edeka ist jetzt so gut, da kriege ich immer, was ich brauche, jetzt können wir nach Nauheim fahren. Warst du auf dem Friedhof? Ja, war ich, sagt J. Sie: Hast du gegossen? Ja, sagt J. Gut, sagt sie, dann muß ich das nicht mehr machen. Gott, ist das schon wieder spät. Die Mutti will noch zum Friseur. Aber wart mal, fahr doch bitte noch einmal schnell in die Stadt, ich will noch die Bettücher aus der Reinigung abholen, das ist ja schnell geschehen.

Also fährt mein Onkel zum Bahndamm hoch und von dort in die Stadt, das heißt auf die Kaiserstraße. Auf der Höhe der Stadtkirche wird der Verkehr dichter, eben, gegen Feierabend, scheint es viele auf die Kaiserstraße zu treiben, jetzt hat man gerade Zeit, die Arbeit vorbei, und bis sechs muß man noch seine Erledigungen geschafft haben, denn später hat ja alles zu und jedes Geschäft geschlossen. Ganz Friedberg scheint mit dem Automobil auf die Kaiserstraße zu streben, kommt den Friedbergern vor, die gerade mit ihrem Automobil auf die Kaiserstraße fahren. Bereits an der Kirche muß J. anhalten, da stehen sie bis zur Kreuzung, die sich dreißig Meter weiter vorn befindet, das kennt er nicht, da stehen ja acht oder zehn Autos vor ihm! Das hat er noch nie erlebt, wo kommen die alle her, sind das alles Friedberger? fragt er sich, und seine Schwester, die es eilig hat, fragt es sich wahrscheinlich auch. Mein Onkel will eigentlich nun schon seit längerer Zeit an diesem Tag endlich ins Forsthaus Winterstein, aber auch seine Schwester ist pikiert und sieht es geradezu als eine Form persönlicher Beleidigung an, daß nun ausgerechnet in diesem Augenblick offenbar alle Friedberger, aus welchem Grund auch immer, auf die Kaiserstraße wollen, und sie will doch nur die Bettücher abholen, die sie vorgestern zur Reinigung gebracht hat. Aber bitte auch wirklich übermorgen, hatte sie in der Wäscherei gesagt, und die Wäscherei hatte gesagt, übermorgen auf jeden Fall. Das ehemalige Fräulein Boll, nunmehr Chefin, hat es verinnerlicht, den Forderungen Nachdruck zu verleihen, muß man ja auch. Sonst geht man unter. Auch oder gerade in der Wäscherei. Bis übermorgen, obgleich meine Mutter die Wäsche erst in einer Woche gebraucht hätte. Die Wäscherei ihrerseits hatte die Wäsche sowieso schon eine Stunde nach Abgabe fertig gehabt.

Nun stehen sie an der Stadtkirche, der Kirche Unserer Lieben Frau, und kommen nicht weiter, vor sich einige Autos des Jahres 1969, hinter sich der rostrote, teils schwarz verwitterte Backstein der Kirche, gotische Spitzbögen, Fialen und Krabben aus dem Mittelalter. Jetzt stehen sie da und kommen nicht weiter, warum? Das ist ihnen völlig neu. Meine Mutter findet es unerhört, daß man nicht einmal mehr mit dem Auto auf die Kaiserstraße kommt, ohne eine halbe Minute an der Stadtkirche zu stehen. Vor ihr vielleicht Herr Berger. Herr Berger arbeitet in der Firma, wieso ist der schon aus dem Betrieb weg und bereits in der Stadt? Und neben Herrn Berger (am Steuer) Frau Berger. Die Ursel, die Chefin, sieht jetzt den Herrn Berger, aber was muß der Herr Berger denn ein Auto haben und gerade jetzt auf die Kaiserstraße fahren? Warum müssen überhaupt seit kurzem alle immer irgendwohin und stehen einem im Weg herum? Und alle schauen sich so gewalttätig an, geradezu haßerfüllt. Von einem zum nächsten Auto schauen sie sich haßerfüllt an, als gehöre der jeweils andere keinesfalls hierher, sondern vielmehr nach Hause, und kann er da nicht bleiben? Nach einer kaum zu bewältigenden halben Minute ruckt der Verkehr wieder an, und alle in allen Automobilen fragen sich, wie das denn überhaupt, generell gefragt, hier weitergehen soll, wo man nicht einmal mehr auf die Kaiserstraße fahren kann, weil plötzlich alle auf die Kaiserstraße fahren. Man kann gar nicht mehr in die Stadt fahren.

Und nun biegen sie endlich auf die Kaiserstraße, und überall fahren nun von überallher kommende Autos um sie herum, wer von Usingen nach Frankfurt will, fährt durch Friedberg, wer von Bad Nauheim nach Wöllstadt will, fährt durch Friedberg, wer von Rödgen nach Dorheim will, fährt durch Friedberg, es sei denn, er fährt über Schwalheim, wer von Butzbach nach Bad Vilbel will, fährt über Friedberg, wer von Ober-Mörlen zum Ossenheimer Jagdhaus will, fährt durch Friedberg, wer von Florstadt zum Forsthaus Winterstein will, fährt über Friedberg, alle Zuckerrübentransporter fahren über Friedberg, kurz gesagt, eigentlich fährt neuerdings die gesamte Wetterau über Friedberg und da immer über die Kaiserstraße. Sie ist ja gar nicht mehr zu passieren, die Kaiserstraße, sagen sich alle, die gerade die Kaiserstraße passieren, und ahnen nicht, daß das erst der Anfang ist, wir haben ja erst das Jahr 69. Eben kommt mein Onkel an der Bindernagelschen Buchhandlung vorbei. Da steht der alte Herr Doktor Herrmann, der Eigentümer der Bindernagel'schen Buchhandlung, vor der Tür, über ihm die verschieferte Fassade des Hauses, und schaut ebenfalls auf den Verkehr und fragt sich, was das denn dermaleinst werden soll. Gerade als mein Onkel in seinem Variant vorbeifährt, kommt auch der Herr Usinger aus der Bindernagelschen Buchhandlung heraus, da ist der Herr Usinger, sagt meine Mutter, aber J. kennt den Herrn Usinger nicht und weiß auch nichts von ihm. Friedbergs Dichter. Weithin bekannt. Mit Preisen überhäuft. Der Herr Usinger wohnt in der Burg. Der Herr Usinger hat einen regelrechten Bücherstapel unter dem Arm. Die große Hornbrille im Gesicht und schlohweißes Haar. Zu Hause in seinem Fachwerkhäuschen in der Burg schreibt er Gedichte über kosmische Zusammenhänge. Jupiter, Saturn, Galaxien und energetische, kosmisch-universale Strahlenströme. Außerdem ist er gerade Vizepräsident einer berühmten Akademie. Jetzt hat er, fast vom heutigen Tag an gerechnet, noch dreizehn Jahre zu leben. Der Dichter der kosmischen Dichtungen steht im Jahr der Mondlandung in der Tür der Bindernagel'schen Buchhandlung in

Friedberg in der Wetterau neben dem alten Dr. Herrmann und schaut auf den Verkehr, vielleicht fällt in der Tat an diesem Tag zum erstenmal den Friedbergern, die gerade auf der Kaiserstraße sind, der Verkehr auf. Plötzlich ist er da, der Verkehr, eben noch hatte es ihn nicht gegeben und kam er in der Welt eigentlich nicht vor für die Friedberger, er lag unter der Schwelle der Bemerkbarkeit, und nun plötzlich ist da etwas, und alle stehen einen Moment still und stumm da und schauen, auch der alte und der junge Herr Rausch aus der Schillerlinde treten gerade vor die Tür der Wirtschaft (drinnen sitzen sie beim Apfelwein und sind noch alle zu Fuß gekommen) und betrachten den Verkehr. Neben ihnen kommt im selben Moment Herr Schifbenger aus dem Café Schifbenger heraus, auch er anwesend in diesem historischen Augenblick, und sagt zum jungen Rausch: Erwin, was ist denn hier los, woher kommen denn auf einmal alle diese Automobile? Überhaupt treten gerade alle Einzelhändler und Geschäftsinhaber, aber vor allem auch alle Anwohner der Kaiserstraße vor ihre Türen oder an ihre Fenster und schauen auf den Verkehr und sagen sich, jetzt haben wir ja einen Verkehr, und eben war es noch bloß die leere, jahrhundertealte Kaiserstraße gewesen. Auch der Dunkelwirt tritt gerade vor seine Wirtschaft und schaut, unversehens beeindruckt, dieser Verkehrsanhäufung hinterher. Alle in Friedberg auf der Kaiserstraße sagen sich in diesem Moment, da ist ja etwas! Jetzt ist es da. Und geht vielleicht nie mehr weg. Das Verkehrsgeschehen dichtet noch im selben Augenblick dem Herrn Usinger eine oder mehrere Gedichtzeilen in den Kopf, er denkt an Worte wie Planetoide und Satelliten, Atomismus und Protonen. Herr Herrmann dagegen fragt sich in diesem Augenblick, wie es mit dem Handel auf der Kaiserstraße weitergehen soll, wenn hier plötzlich alle durchfahren, die bis vor kurzem noch höchstens zu Fuß oder mit dem Fahrrad und der Bahn unterwegs gewesen sind. Eben noch war da bloß eine Straße, und nun gibt es plötzlich und mit einemmal und an diesem Tag zum erstenmal gemeinschaftlich erkennbar für alle Beteiligten nicht nur die Straße, auf der sie verkehren, sondern auch den Verkehr. Was ist denn das hier überhaupt für ein Verkehr, fragt sich gerade auch meine Mutter im Variant, obgleich sie Volkswirtschaft studiert hat und es hätte wissen müssen, daß das Auto kommen würde überallhin in unser Land und alsdann als deutscher Export über die ganze Welt wie der Segen des Herrn in alle Ewigkeit und bis zum letzten Amen. Sie hat es aber nicht gewußt oder nicht wissen wollen, wie alle anderen es auch nicht gewußt haben, die staunend auf der Kaiserstraße stehen, als sei gerade die Mondrakete vor ihnen gelandet und als würden gleich die Männchen im weißen Raumanzug aussteigen und sie, die Wetterauer, durch ihre Spiegelglasvisiere anstarren. Und erstmals beginnt sich in ihren Köpfen kollektiv und unvermittelt und unabhängig voneinander aufgrund weniger, ganz allgemeiner logischer Schritte ein Gedanke festzusetzen, den im selben Augenblick alle Bewohner und der komplette Einzelhandel auf der Kaiserstraße in Friedberg in der Wetterau haben. Sowohl der alte Herr Dr. Herrmann denkt es, wie es auch der alte Herr Rausch denkt, auch Herr Lenhardt, der gerade stirnrunzelnd aus der zweiten Friedberger Buchhandlung, der Buchhandlung Scriba, heraustritt, denkt es, ebenso wie Herr Schifbenger und der Dunkelwirt und natürlich auch alle in ihren Automobilen, eingeschlossen meine Mutter auf dem Beifahrersitz des Variants meines Onkels J. Da müßte, denken sie plötzlich alle wie verabredet, doch etwas geschehen. Da müßte doch so etwas wie eine *Ortsumgehung* her. Und so erscheint erstmals gleichzeitig in allen Köpfen an diesem Tag das Wort *Ortsumgehung*. Wie die Wolken über sich im Wetterauer Blau sehen sie plötzlich das Wort vor sich, als stünde es am Himmel geschrieben. Alle taumeln einen Schritt zurück. Alle schauen wie auf ein Kommando, Hunderte die ganze Kaiserstraße entlang, plötzlich für einen Augenblick auf einen ganz bestimmten Punkt am Himmel, vielleicht dahin, wo sie gerade den lieben Gott vermuten, als habe er ihnen etwas enthüllt. Oder gar für einen Moment sich selbst. Ein Wahrheitsmoment, und plötzlich ist man sehend. In diesem Augenblick ist es in allen Wetterauern auf der Kaiserstraße still, alles schweigt, alles starrt gebannt auf den nicht vorhandenen Punkt am Wetterauer Himmel.

Einige Sekunden später fährt mein Onkel weiter, und die kuriose Anhäufung von Verkehr, die man bislang nicht gekannt hat, löst sich auch schon wieder auf, alle Autos rucken an und fließen gleich nach Norden und Süden und auch in kleinere Seitenstraßen ab, und nach wenigen Sekunden ist von alldem nichts geblieben, nur noch hier und da, wie ehedem, ein Automobil auf der Kaiserstraße oder auch zwei, aber was war das eben, fragen sich alle verdutzt auf der Kaiserstraße. Hm, macht der Dunkelwirt, schaut noch kurz in Gedanken auf die Kaiserstraße und geht dann wieder hinein, um Bier zu zapfen. Beim Hineingehen denkt er darüber nach, ob er das eben Erlebte vom Tresen aus den Dunkelgästen erzählen soll, aber es wird ihm im selben Augenblick klar, daß ihm dafür die Worte fehlen und daß man das gar nicht erzählen kann, denn eigentlich kann er selbst nicht begreifen, was da eben war, und ob da überhaupt etwas war, weiß er eigentlich auch nicht. Der alte Herr Herrmann verabschiedet den Dichter Usinger, stemmt die Arme in die Seiten, wirkt ein wenig gebeugter als vorher, hat nun zwei Falten mehr neben der Nase und geht wieder in seine Buchhandlung zurück, zeitgleich mit Herrn Lenhardt, welcher fünfzig

Meter entfernt dasselbe tut. Die beiden Rausch gehen wieder in die Linde, dort warten inzwischen drei Schnitzel im Essensaufzug, die wird der alte Herr Rausch gleich an die Tische bringen, derweil Erwin, der Sohn, Servietten falten wird. Herr Schifbenger geht bei der Konkurrenz einen Kaffee trinken. Nach und nach verschwinden alle Friedberger wieder in ihren Häusern und hinter ihren Fenstern, auch mein Onkel ist mit meiner Mutter und dem Variant bereits auf dem Weg nach Bad Nauheim, und die Kaiserstraße liegt wieder still, unberührt und friedlich da wie ehedem. Nur den Dichter Usinger sieht man gerade noch im Tor der großen Burg verschwinden, mit seinem Bücherstapel unter dem Arm und seinem alten Frack, als entstamme er einer völlig anderen Zeit und sei hier gerade von Spitzweg hingemalt worden unter dem Titel *Der kosmologische Dichter verschwindet in seiner Burg*.

8

J. steuert direkt nach Bad Nauheim und setzt meine Mutter bei ihrer derzeitigen Wohnung ab. Anschließend fährt er sofort in die Uhlandstraße, ißt eilig das vorzeitige Abendessen, das dort für ihn bereitsteht, und bringt seine Mutter zum Friseur. Dann fährt er noch schnell zum Schade & Füllgraben und kauft Gelierzucker in großen Mengen, den er in die Uhlandstraße bringt, wo sich im Keller quasi eine ganze Lagerhalle von einzumachendem Obst befindet, wie ihm vorkommt. Je mehr seine Mutter einkocht, desto mehr wird das Obst. Es stammt zum größten Teil vom Firmengelände. Birnen, Pflaumen, Kürbisse, und vor allem Äpfel. Und nun ist es gerade einmal achtzehn Uhr und alles erledigt, und mein Onkel bricht endlich, als hätte er es fast nicht mehr für möglich gehalten (tausend Blutbade hat er inzwischen in seinem Kopf angerichtet), von der Uhlandstraße zum Forsthaus Winterstein auf.

Zuerst fährt er durch die Stadt und sieht schon nach wenigen Metern das Schild einer Bierwirtschaft, vielleicht eine, in der er, immerhin der Boll-Erbe, sich lange nicht gezeigt hat. Dort könnte er hinein, erst den Wagen repräsentativ parken, dann schon gleich im Türrahmen stehen, und alle schauen zu ihm hin, erkennen ihn sofort und freuen sich. So ein Gast! Aber da kommt auch schon das Schild der nächsten Wirtschaft, und das dritte, es finden sich ja überall kleine Wirtsstuben und Tanzlokale in Bad Nauheim, wegen der zahllosen Kurgäste. Lieber fährt mein Onkel also doch hinauf Richtung Wald, dort möchte er noch ein wenig unter den Rotkehlchen sein, die gerade jetzt, kurz vor der Dämmerung, wieder zu singen anfangen. In der Dämmerung wagt sich auch das Wild aus dem Versteck. Man läuft dort mit festen Schuhen auf dem Waldweg und hat auch ein waldtaugliches Jäckchen an, fast wie die Jäger. Dann fühlt sich J. ordnungsgemäß und regelgerecht. Eigentlich trägt er eine Uniform, eine Walduniform. Hier hat er auch immer den alten, großen Feldstecher dabei. Als kämen aus ihm seine Augen heraus vor lauter Schauen im Wald und aus diesen noch einmal der alte Feldstecher. Mein Onkel gehörte auch zu den Personen, denen es wie mühelos gelang, Eichhörnchen auf die eigene Hand zu locken, er mußte da eine spezielle Technik haben. Anfänglich war ich sehr verwundert, weil ich erwartet hätte, daß ihm das nie und nimmer gelingen würde und daß er sich eine Nuß nur mit dem Ergebnis auf die flach ausgestreckte Hand legen würde, daß natürlich niemals ein Eichhörnchen an ihn herankommt, sondern daß ihn alle sofort fliehen und sozusagen erschrocken einen Bannkreis von mindestens fünfzig Metern um ihn ziehen, alle die Eichhörnchen im Bad Nauheimer Wald oder im Kurpark, überhaupt die ganzen Wetterauer Tiere. Nein, bei meinem Onkel kamen sie so gut wie immer, und dabei sah er wirklich schlimm aus, wie er mit vorgeschobenem Unterkiefer und, bei fortgeschrittenem Alter, immer buckliger dastand, um auf das Eichhörnchen zu warten.

Er fährt die Hauptstraße hoch, biegt durch die Gassen der Altstadt, und wenn wir es Anfang Herbst sein lassen im Jahr der Mondlandung an diesem Tag meines Onkels J., dann steht ein Hänger vor ihm in der Keltergasse, da kommt er nicht durch. Der Hänger ist voller Äpfel und wird gerade rückwärts in den Hof gefahren. Auf dem Traktor sitzt ein Mann, daneben steht ein Junge, vorn eine Frau und weist den Fahrer rückwärts ein. Vorsicht, ruft der Mann, J. kennt ihn natürlich, er heißt Karl Maiwald, der Junge ist sein Sohn Martin, die Frau ist Karls Frau Christine. J. bleibt stehen und steigt aus, um zuzuschauen, wie sie den Hänger auf den Hof bringen, noch sind sie nicht um die Kurve. Die Familie Maiwald hat auch eine Tochter, sie heißt Julia, ist aber nicht zu sehen. Sie sind noch nicht zu einem Drittel um die Kurve, als das hintere Brett am Hänger aufklappt und ein Teil der Apfelladung herausfällt. Maiwald bremst, betätigt die Handbremse und steigt langsam vom Traktor. Dann lehnt er sich gegen den

Hänger und fragt, wer denn zuletzt die Klappe verriegelt habe. Dein Sohn, ruft seine Frau. Währenddessen beginnen einige Äpfel die Keltergasse hinunterzukullern, genau auf meinen Onkel zu. Die Äpfel, ruft J., und beginnt, einige aufzulesen. Es kullern aber nicht viele die Straße hinunter, die meisten bleiben im Hof liegen. Im Hoftor erscheint kurz auch Julia Maiwald, verschwindet aber gleich wieder. Vom Hof aus hört man ein Lachen und ein langgezogenes Eieiei.

J. geht auf Maiwald zu und sagt, hier, die Äpfel.

Der Martin hat also die Lade verriegelt, sagt Maiwald und wirft die Äpfel aus J.s Hand auf den Hänger zurück.

J. sieht jetzt, daß etwa ein Drittel der Ladung in der Einfahrt liegt, daß hinter der Ladung Julia Maiwald steht und daß sich außerdem auch Gerd Bornträger auf dem Hof der Maiwalds befindet, mit einem leeren Kanister in der Hand sitzt er auf einer Bank.

Ei, der J., ruft Bornträger, da versammeln sich ja alle wieder bei den Äpfeln!

Seit einigen Tagen wird im Hof der Maiwalds gekeltert, und Bornträger, der ebenfalls in der Altstadt wohnt, möchte sich Most holen. Der Hof der Maiwalds ist während der Kelterzeit stets ein Anlaufpunkt für das ganze Viertel, die Leute kommen auch im Apollojahr mit ihren Flaschen und Kanistern auf den Maiwaldhof wie ehedem. Während Bornträger sitzen bleibt (seinen Kanister stellt er neben sich auf den Boden), holt die Christine Körbe, und der Martin holt die Gabel. Nun schaufeln sie die Äpfel zuerst in die Körbe und leeren die Körbe in den wieder verschlossenen Hänger. Julia liest mit der Hand, Apfel für Apfel, Bornträger schaut ihr zu (J. auch).

Wenn du Süßen willst, sagt Maiwald zu J., der J.s Blick auf seine Tochter nicht zu bemerken scheint, ich hab gestern gekeltert, heut nicht, heut warn wir lesen.

Nein, sagt J., er wolle ins Forsthaus Winterstein und komme nur zufällig vorbei, er wolle zum Forsthaus, da habe es diese Woche doch die Jagd gegeben, eine ganz große Jagd habe es oben im Wald gegeben, bis nach Mörlen, die größte Jagd seit langem.

Und während die Familie Maiwald mit den Äpfeln beschäftigt ist, die grün und gelb und vor allem rot auf dem Boden herumliegen, schauen die Hofgäste zu. Julia ist inzwischen auf die Knie gegangen und liest unter dem Hänger, die eine Hand auf den Boden gestützt, die andere sammelnd, neben ihr ein Korb. Da liegt nun also der Hof vor ihm, vor J., der Maiwaldhof, und J. hätte sicherlich Augen für den Traktor oder wenigstens die Presse dort hinten im Hof gehabt, die einsatzbereit dasteht, heute aber nicht benutzt wird, er hätte sich sicherlich wie immer gern die Funktionsweise der Presse und wie sie bedient wird und mit welcher Pumpe anschließend nach hinten in den Keller gepumpt wird undsoweiter erklären lassen, aber nun ist Julia auf den Knien und sammelt, und um J. herum versinkt alles ins Nichts, in eine Schwärze, von der sich ein einziger Gegenstand scharf abhebt, Julia auf den Knien, Äpfel lesend.

Wie alt bist du jetzt eigentlich inzwischen, fragt Bornträger und steht von der Bank auf.

Fünfzehn, ruft Julia.

Fünfzehn, wiederholt Bornträger und lehnt sich an die Scheunenwand, vor der seine Bank steht.

Julia ist jetzt fünfzehn, genau, sagt Maiwald, in zwei Wochen wird sie sechzehn. Sie kommt immer knapp nach den Äpfeln.

Knapp nach den Äpfeln, wiederholt Bornträger, während er Julia unter dem Hänger betrachtet, die sich dort geschwind bewegt, eigentlich gar nicht mehr wie ein Kind, ganz schon wie ein Mädchen.

Die Julia, sagt Maiwald, ist unser Apfelmädchen.

Apfelmädchen, wiederholt Bornträger, während J. hinter Julia steht und seine Augen aus ihm herauskommen.

Und nun steht sie auch bereits wieder und lächelt. Sie lächelt ihn oder Bornträger an, oder sie lächelt einfach in die Welt hinaus, und mein Onkel verfällt in eine Starre. Die Starre könnte sich nur lösen, wenn Julia aus dem Bild verschwände. Das hat sie aber offenbar noch nicht vor. Jetzt hebt sie den Korb vom Boden, J. steht neben ihr, sie schaut ihm ins Gesicht, aber vielleicht auch nicht, sie schaut durch ihn hindurch. Und jetzt krabbelt sie noch ein wenig um den Hänger und um die Füße meines Onkels herum, um dort noch den ein oder anderen verstreuten Apfel aufzulesen, wobei mein Onkel sie so betrachtet, als sei er allein auf der Welt. Bornträger an der Scheunenwand leckt sich die Lippen. Die Äpfel sind nun alle auf dem Hänger, nun kann es weitergehen. Maiwald steigt auf den Traktor und gibt die Straße frei, der Hänger wird auf die Hofseite gefahren, wo die Presse steht. Morgen wird gepreßt. Dann macht Maiwald den Hänger los und fährt mit dem Traktor aus dem Hof, um ihn abzustellen. Seine Frau Christine ist inzwischen ins Haus gegangen, um sich die Hände zu waschen. Martin ist ebenfalls weg. Nun sind auf dem Hof mein Onkel, Bornträger und Julia. Sie steht am Hänger und mustert die Äpfel.

Das sind aber schöne Äpfel, sagt Bornträger, Julia betrachtend. Habt ihr die alle heute gelesen?

Ja, alle, sagt Julia.

Dann habt ihr jeden eurer Äpfel selbst in der Hand gehabt?

Ja, jeden, sagt Julia.

Julia, ruft die Mutter von drinnen, komm rein und wasch dir die Hände.

Ja, Mutter, sagt Julia.

Nun ist Bornträger aber schon herangekommen und steht neben der Julia am Hänger.

Da habt ihr aber ganz schön lang gelesen heute, sagt er, macht dir das Spaß?
Weiß nicht, sagt Julia.
Kann ich die auch mal anfassen?
Die Julia guckt fragend.
Gibst du mir einen Apfel?
Die Julia guckt immer noch fragend.
Jetzt wasch dir endlich die Hände, ruft die Mutter.
Ja, gleich, sagt die Julia.
Guck mal hier, so schöne Äpfel, sagt Bornträger und greift zu, den Blick zur Hofeinfahrt, ob Maiwald bald zurückkommt.

Julia schaut stumm vor sich hin, in irgendeine Ekke des Hofes. J. steht dabei und bewundert wieder einmal, was andere so können. Vielleicht wird ihn Bornträger gleich fragen, ob er nicht auch einmal die Äpfel anfassen wolle, dann würde auch J. vermutlich mit beiden Händen, aber vielleicht würden sie auch kurzerhand plötzlich insgesamt über das Mädchen herfallen und sie innerhalb einer Sekunde von oben bis unten, aber nun ruft die Mutter zum drittenmal, jetzt komm endlich rein.

Julia sagt, in die besagte Hofecke blickend, ich soll reingehen, dann sagt sie zu Bornträger noch leise *Idiot*, dann geht sie hinein, sich die Hände waschen.

Nun kommt Maiwald wieder auf den Hof, und Bornträger sitzt glücklich und zufrieden, aber vielleicht doch mit einer gewissen Erregtheit wieder auf seiner Bank, neben sich den Kanister, nichts ist passiert, alles ist gut, und Maiwald unterhält sich noch eine Weile mit Bornträger und meinem Onkel, es geht um die Jahreszeit, das Wetter, die Äpfel, die Ernte, schließlich nimmt Bornträger drei Liter Süßen von gestern mit, mein Onkel steigt wieder in seinen Variant, und Christine Maiwald steht mit ihrem Mann im Hof und sagt, dieses widerliche Pack, die kommen nur wegen der Julia, aber wir können sie ja nicht wegsperren.

Maiwald: Ei ja, sie ist jetzt halt in dem Alter.

9

Mein Onkel fährt zum Frauenwald. Noch steht die Sonne am Himmel, knapp über dem Johannisberg. Mein Onkel war neben mir der einzige Mensch in unserer Familie, der hin und wieder auf den Johannisberg ging, um von dort den Sonnenaufgang zu sehen. Zwar schleppen sich heutzutage die Bad Nauheimer in Silvesternächten scharenweise auf den Berg, um dort zu trinken und herumzustehen in ihren Skifahrerjacken, als seien sie auf der Skipiste, obgleich an Silvester nie Schnee vorhanden ist (aber es könnte ja schneien!), sie fahren mit ihren geländetauglichen Automobilen zuerst bis hinauf auf den Johannisberg, dann, wenn der obere Johannisberg bereits zugeparkt ist, fahren sie nur noch bis zur Hälfte und parken mitten auf der Waldstraße, schließlich fahren sie mit ihren Automobilen nur noch an den Fuß des Johannisbergs, weil man nur mehr dort parken kann, die letzten fahren wieder nach Hause, weil sie nirgends einen Parkplatz finden, dann fahren sie ihren Geländewagen (den sie gekauft haben, als müßten sie auch in der Wetterau durch Wüste und Moor) in die Garage und laufen zu Fuß zurück zum Johannisberg, den sie dann bereits nach fünf Minuten und sowieso noch rechtzeitig vor null Uhr wieder erreicht haben, links das Kind an der Hand und rechts die große Tüte mit Knallmaterial und Schaumwein. Aber an einem gewöhnlichen Morgen bei einem gewöhnlichen Sonnenaufgang habe ich dort oben fast nie einen Nauheimer gesehen, und auch mein Vater hätte sich bedankt und gesagt, er habe andere Sorgen. In Lebensläufe wie die meines Vaters paßten Sonnenaufgänge höchstens dann hinein, wenn man frühmorgens um halb vier Uhr nach Italien in den Urlaub aufbrach, um den ersten Morgenstaus bei Frankfurt und dann wieder bei Nürnberg zuvorzukommen. Aber mein Onkel konnte, wenn die Sonne aufging, dort oben ebenso verharren wie ich, wir, die beiden Nichtsnutze in der Familie, er Schichtarbeiter, ich bloß verzweifelt und immer zu Fuß unterwegs zwischen Bad Nauheim und Friedberg in meiner Not.

Zuerst ist alles schwarz, dann kündigt sich eine schwarzblaue Aufhellung an, das dauert eine Weile. Später hat man den Eindruck, eigentlich werde es nun schon recht blau und hell, der Tag sei eigentlich bereits da, auch wenn es noch vor Sonnenaufgang ist, aber das täuscht, die Augen haben sich nur an die Dämmerung gewöhnt. Manchmal ist das Licht durch eine Wolkenbank begrenzt, der Rest ist dann ganz schwarz und das wenige Blau noch um so heller. Und dann, sehr schnell, kommt das Rot und fließt in alles hinein, in den ganzen vorderen Himmel, auf den man vom Johannisberg schaut, auf die ganze Landschaft, eigentlich auf die gesamte Wetterau, wie sie vor einem liegt. Und dann, als vibriere alles voller Erwartung, als zittere diese Morgenlandschaft, erscheint plötzlich die Sonne, und nun liegt die Wetterau golden und rot und immer noch schlafend da, und man selbst steht, sich die Hände reibend, in dieser Morgenkälte und hat vergessen, daß man nun schon seit über einer halben Stunde nur auf den einen Punkt starrt, an dem man die Sonne erwartet hat. Das ist der Sonnenaufgang vom Johannisberg aus, und dann gehen die ersten Lichter an, dann kommen die ersten Flugzeuge, dann kommt der Arbeitnehmer- und Angestelltenverkehr, und man selbst steigt hinab vom Johannisberg mit einem Sonnenaufgang am Himmel, den einem niemand mehr nehmen kann, für das ganze Leben nicht.

Nun aber, da J. unterwegs ist und die Julia bereits wieder vergessen, geht die Sonne gerade unter, und der Himmel rötet sich für den Abend. Überall Herbstlaub, es kommt meinem Onkel entgegen und färbt die Wege und Äste neben und über einem, so daß man wie durch einen Saal läuft, durch einen Herbstsaal. So hat er, das Automobil in der Augusta-Viktoria-Straße hinter sich lassend, den Wald betreten. Links eine Streuobstwiese, noch mit Äpfeln, keiner hat sie bislang gelesen, sie leuchten rot und wollen ihm etwas sagen, und er scheint es auch zu verstehen. Die Dinge redeten immer zu ihm, die Waldtiere und die Pflanzen, als gehörte er eher zu ihnen als zu uns, den Menschen. Die Äpfel, von was reden sie? Wie lautet ihre Sprache? Sprechen sie ihm von der Zeit, vom Jahr, und wie der Sommer war, und wie die Sonne jeden Apfel ganz persönlich anschien, als sei sie für ihn da und meine ihn? Nachher wird er im Forsthaus Winterstein reden können von den herrlichen Äpfeln, er wird auch sie superlativieren und zu den rötesten machen, die je auf dieser Wiese gehangen haben, zu den besten und reifsten und süßesten, obgleich er vielleicht nicht einmal einen kostet, denn er ist ein wenig in Eile und möchte bald zum Forsthaus. Aber vorher noch durch den Wald. Rechts auf einem Zweig gleich ein Rotkehlchen. Sitzt da und mustert ihn und fliegt nicht weg. Schaut ihn einfach nur an, und er das Rotkehlchen. Beide scheinen sich zu kennen. Als gehörte nicht nur für meinen Onkel das Rotkehlchen zum Wald und zu diesem Tag ganz selbstverständlich dazu, sondern als gehörte auch für das Rotkehlchen mein eigener Onkel ganz fraglos in den Wald. Vielleicht hört es ihn. Vielleicht sagt mein Onkel etwas in der Sprache des Rotkehlchens. Nicht daß er die Sprache gelernt hätte, er kann sie einfach so. Er gibt vielleicht nur einen leisen Laut von sich, und das Rotkehlchen weiß genau, was er sagt, was er will, wie er sich befindet und wie es ihm gerade geht. Als er vorbeiläuft, beginnt es zu singen, und je mehr er sich entfernt, desto entfernter klingt das Rotkehlchen, und mein Onkel weiß, eigentlich klingt ein Rotkehlchen schon aus nächster Nähe immer so, als sei es entfernt. Und schon nach wenigen Metern klingt es wie ganz weit weg. Kein Vogel kann einsamer klingen als das Rotkehlchen. Mein Onkel sagt sich das nicht, nicht in Worten, aber nimmt es wahr. Er denkt, genau gesagt, überhaupt nicht über das Rotkehlchen nach, nur ich muß es jetzt tun, um dem Onkel eine Sprache zu geben, damit auch ich ihn verstehe, denn sonst wäre er gar nicht da und einfach tot und vergessen bis auf seinen Grabstein und die beiden Zahlen darauf. In Wahrheit ist alles wortlos in meinem Onkel. In Wahrheit spricht er eine ganz andere Sprache, eine vor den Worten, eine, die sowieso immer zwischen den Dingen ist, nur wir wissen sie meistens nicht, weil wir immer reden und daher zu laut sind für die Dinge. Jetzt, im Wald, ist mein Onkel dauernd im Gespräch mit allem, und dieses Gespräch ist für ihn wie Zuhausesein. Dort verstehen ihn alle, und er versteht den Wald, und nichts muß vorgespielt werden, und nichts wird geheimgehalten, und alles darf so sein, wie es ist. Da ist nichts Verborgenes, auch an ihm plötzlich nicht mehr. So geht er an den Eichen und Rotbuchen vorbei, hangauf, die Hände in den Manteltaschen und ohne zu rauchen. Im Wald wird nie geraucht. Es fällt ihm nicht ein, nie, das Rauchen.

Rechts erscheinen jetzt die Skiwiesen, da tritt er aus dem Wald hinaus, weil er weiß, gleich kommen die zwei Hasen. Nun steht mein Onkel J. auf den Skiwiesen (damals war noch keiner auf den Gedanken gekommen, dort einen Golfplatz hinzubauen), und tatsächlich kommen nach nicht einmal einer halben Minute die zwei Feldhasen, laufen an ihm vorbei, schauen ihn an, kommen näher an ihn heran, beäugen ihn äußerst kritisch, wie es ihre Natur ist, und hoppeln dann die Wiese aufwärts. Er schaut ihnen lange nach, die Wiese schlägt hangaufwärts eine lange Schneise in den Wald, nun kommt der Bodennebel, nur ein leichter Schleier, und es wird gleich um ein, zwei Stufen dunkler, einzig das Laub scheint das Tageslicht noch in sich gefangen zu haben und leuchtet vor sich hin. Den ganzen Waldsaum entlang leuchten nun die unterschiedlichsten Farben. Und über die Waldwege senkt sich der Abend und bald schon die Nacht. Mein Onkel geht aufwärts bis zur Else-Ruh (Else, wie seine Großmutter), dann geht er noch weiter bis zur Augusten-Ruhe (Auguste, wie seine Mutter), nun ist J. im Frauenwald und läuft auch dort noch einen Bogen, vielleicht sieht er ein Reh, vielleicht einen Marder oder am Waldrand nächst den dort gelegenen Häusern ein Hermelin. Mein Onkel sah dort im Wald immer etwas, wo andere nichts sehen. Dagegen sah er unter den Menschen nie etwas, das sahen dann nur immer alle anderen.

Und während sich der Wald langsam in Dämmerung und Dunkelheit verschließt, kommt mein Onkel wieder aus ihm heraus, ein einsamer, kleiner Waldgänger, so sehe ich ihn zwischen den riesigen Bäumen, fast verloren im Bild, ein Mensch allein am Waldrand, allein unter dem Himmel, allein mit sich und doch vielleicht gerade in diesem Augenblick bei allem und mit allem verbunden und wie noch niemals von den Dingen geschieden und getrennt. Und unten steht das Automobil, da läuft er nun hin, und nun fährt er auch schon los, über den Johannisberg und hinüber zum Waldsportplatz, die erste Mannschaft trainiert. Hier kommen sie meist schon alle mit dem Auto.

Immer höher fährt mein Onkel in den Wald und wird dann von ihm freigegeben und ist nun unter offenem Himmel, fährt übers Land, vor ihm der Taunus, immer dunkler, daneben die Autobahn, die Automobile jetzt alle mit eingeschaltetem Licht und wie kleine Glühwürmchen durchs Bild. Wäre J. nur wenige Jahre vorher geboren worden, hätte er als Kind von hier aus die Baustelle der Autobahn bewundern können. Es wäre die größte Baustelle seines Lebens gewesen, vor allem die längste. Einen ganzen Maschinenpark hätte er sehen können, wie er durch die Wetterau gezogen kam, sich langsam durch die Landschaft wälzend und hinter sich eine mehrspurige Reichsautobahn zurücklassend, über die man seitdem fahren kann, immer geradeaus und international angeschlossen von Sizilien bis Oslo, vielleicht sogar bis Helsinki, heute heißt sie Bundesautobahn. Damals standen die Wetterauer am Straßenrand und dachten, jetzt sind wir das Zentrum der Welt, und alle feierten, und die Zeitungen feierten auch. Eine neue Welt. Wo auch immer sie diese Autobahn bauten, dachten plötzlich alle, jetzt seien sie das Zentrum der Welt, weil alle Welt nun genau an ihnen vorbeikam. Allerdings kam alle Welt seitdem auch an allen anderen vorbei. Trotzdem wurde in jedem Landkreis jeder neue Zubringer so gefeiert, als sei die Welt endlich genau auf diesen Landkreis aufmerksam geworden und als habe man ihn endlich aus seinem Dornröschenschlaf geholt. Und wer selbst ein Automobil hatte, fuhr hinter Bad Nauheim, nur um es einmal auszuprobieren, gleich am ersten Tag auf die Autobahn und fuhr dann, einige Kilometer weiter, bei Friedberg wieder herunter und konnte seitdem immer sagen, auch ich bin sie gefahren, die Autobahn. Die Wetterau ist eigentlich eine Autobahn mit angeschlossener Raststätte. Jetzt sieht mein Onkel auch die Baustelle der Raststätte, hinten im Bild, wo sich die Glühwürmchen schnurstracks auf und ab bewegen, als seien sie plötzlich verrückt geworden und wollten nur noch, so schnell es geht, vorwärts und irgendwo ankommen. Wie die Pakete auf der Hauptpost im Frankfurter Hauptbahnhof für meinen Onkel immer aus der großen weiten Welt kamen, Barcelona vielleicht oder Appenzell, so kommen hier gerade die Automobile extra für ihn aus Amsterdam oder vielleicht aus Mailand oder sogar aus Rom, wo der Papst lebt, der Nachfolger Christi, für dessen Geburt jedes Jahr an Weihnachten die Glocken des Stephansdoms in Wien läuten, wenn mein Onkel vor dem Radio sitzt, um sie zu hören. In jedem Glühwürmchen steckt eine ganze Welt. So fühlt sich J. sicher und beruhigt und dazugehörig und angeschlossen an die ganze Welt, bei der auch er dabeisein darf, und das macht die Bundesautobahn 5.

Und schon befindet sich mein Onkel im Anstieg zum Winterstein. Der Variant müht sich nun merklich. Der Weg geht geradeaus aufwärts und ist asphaltiert. Auf halbem Weg kommt ihm Licht entgegen, ein Fahrzeug, und plötzlich steht ein Amerikaner vor ihm am Straßenrand in voller Montur, leuchtet ihm mit einer Lampe ins Gesicht und ruft *Stop!* Der Amerikaner hat, wie alle Amerikaner in der Wetterau, ein kalkweißes Gesicht, das sieht man sogar noch bei Nacht. Er wirkt aufgeregt und hektisch, stellt sich neben den Wagen und macht Gesten, die meinem Onkel bedeuten, daß er an den Rand fahren soll. Mein Onkel fährt an den Rand und bleibt dort stehen. Jetzt sind plötzlich noch zwei weitere Amerikaner da, sie scheinen aus dem Wald zu kommen. Einer raucht, alle haben amerikanische Soldatenhelme auf und sind geschäftig. Jetzt kommt ein Geländewagen vorbeigefahren, allerdings ohne von den drei Soldaten Notiz zu nehmen. Einer der Amerikaner spricht in ein Sprechfunkgerät hinein. Mein Onkel steigt aus.

Hey you, ruft einer der Amerikaner.

I, sagt mein Onkel (ei). Eigentlich kann er kein Englisch.

Yes you, ruft der Amerikaner und verzieht dabei sein Gesicht, als sei er angewidert, daß jetzt hier gerade ausgerechnet so ein Deutscher auftauchen muß.

Da mein Onkel des Englischen nicht mächtig ist, bis auf Worte wie *I* oder *you* und *yes* und *no* (Grundverständigungsmittel der Besatzungsmacht gegenüber), kann er dem, was der Amerikaner ihm nun zu sagen hat, natürlich nicht folgen. Der Amerikaner fuchtelt mit seinem Maschinengewehr in Richtung meines Onkels, so daß sich dieser lieber ganz in die Nähe des Variants stellt. Und nun beginnt, leise und von fern, ein Geräusch hörbar zu werden, das mein Onkel kennt. Alle vier, die drei Amerikaner und mein deutscher Onkel, schauen die Straße hinauf. Oben kommt ein Licht auf die Straße gebogen, das Geräusch wird lauter, ein zweites Licht wird hinter dem ersten Licht sichtbar, und nun kommen sie einer nach dem anderen angerollt, fast zu breit für die Straße. Es ist nicht auszuschließen, daß mein Onkel die Typen einzeln kennt und bestimmen kann, ebenso wie die

Vögel im Wald und auf der Wiese, zumindest hätte er behauptet, sie ganz genau zu kennen, aber am Ende hätte er sie vielleicht doch wieder nicht gewußt und wäre im Allgemeinen steckengeblieben in seiner Begeisterung. Immer größer und immer lauter werden sie und bestrahlen sich gegenseitig mit ihren Scheinwerfern, einer nach dem anderen kommen sie auf den Waldweg eingebogen. Nun kann mein Onkel den ersten ganz deutlich erkennen, das Panzerrohr strack nach vorn gerichtet, als wolle der Schütze sich den Weg freischießen und vielleicht auch gleich den Variant mit von der Straße fegen, oben schaut ein Amerikaner heraus und hat einen Helm auf und darf mit dem Panzer fahren und hat überhaupt vielleicht die ganze Verantwortung für den Panzer, kontrolliert alles und hat alles im Griff und schaut mit seinem kalkweißen Gesicht wichtig und beflissen und zugleich streng vor sich hin. Obwohl die Panzer in der Dunkelheit schon ganz nah sind, werden sie noch immer größer, und nun gleiten sie als riesige, lärmende Metallberge an meinem Onkel vorbei auf dem Waldweg am Winterstein, man versteht sein eigenes Wort nicht mehr, und die Amerikaner verstehen sich ebenfalls nicht mehr, eine Verständigung ist gänzlich ausgeschlossen. Da rollen die Panzer mit den herausschauenden Amerikanern achtlos an der Menschengruppe am Variant vorbei, jeder obenauf sitzende Amerikaner schaut genauso geradeaus wie sein Panzer, kommt meinem Onkel vor, als seien sie miteinander verwachsen und gehörten zusammen schon von jeher, und sind auch anders gar nicht denkbar, und mein Onkel durfte sich früher bei den Militärschauen auf der Friedberger Festwiese nicht einmal in den kleinsten deutschen Spähpanzer hineinsetzen, weil er kein Kind mehr war und schon zu alt und sowieso so aussah, daß man ihn lieber nirgends hineinsetzte. Mein Onkel war nie in einem Panzer gewesen. Er lebte ohne Panzer, nur die Sehnsucht danach war immer geblieben, nur immer hineinträumen hatte er sich können. Der Winterstein, das war ja zeit seines Lebens nicht nur das Forsthaus und der Fernsehturm, sondern immer auch die Panzerstraße der Amerikaner, die vor nunmehr vierundzwanzig Jahren ins Land gekommen waren, aber immer jung blieben, und dabei wurden die Wetterauer immer älter. Die besetzte Wetterau. Amerikaner mochte mein Onkel nicht. Ihre Panzer schon. Noch immer rollen sie an ihm vorbei, und mein Onkel schaut sich wieder einmal die Augen aus dem Leib und hätte mit den Soldaten (Soldaten in Uniform, und auch noch im Wald bei einer Panzerübung, eigentlich die Höchststufe von Dasein) gern ein fachmännisches Gespräch über die Panzer und überhaupt ihren Aufbau und ihre gesamten Details und technischen Daten geführt, aber das war leider nicht möglich infolge der Sprachbarriere zwischen ihm, dem besetzten Wetterauer, und seinen

Besetzern. Und infolge des heillosen Lärms, der gerade auf dem Waldweg herrscht, da mein Onkel neben seinem Variant steht. War er den Panzern je so nahe gekommen? Fast kann er sie anfassen. Schnell rollen sie nicht. Und nun ist die Kolonne vorbei, zum Abschluß kommt noch ein Geländewagen, und auch die drei Soldaten zu Fuß entfernen sich vom Ort des Geschehens. Mein Onkel steht nun allein im Lichtkegel seines Variants. Die asphaltierte Straße hat sich unterdessen in eine Wüste aus Schlamm und Erdbrokken verwandelt und ist kaum mehr passierbar. Alle paar Tage tauchen die Amerikaner mit ihren Panzern auf und machen den halben Winterstein unbefahrbar in diesen Jahren, und in der Wetterauer Zeitung streiten sie sich darum, warum das immer die Deutschen wieder wegmachen müssen. Genauer gesagt die Wetterauer. Sie streiten sich darüber nicht nur in der Zeitung, sondern auch im Jagdhaus Ossenheim, im Goldenen Faß, im Hanauer Hof, im Licher-Eck, wenn es das damals schon gab, in der Alten Schmiede, in der Schillerlinde, in der Dunkel, im Deutschen Haus, in der Krone und nicht zuletzt und vor allem im Forsthaus Winterstein, denn an einem Tag wie diesem kann man, wenn man beim Forsthaus Winterstein war, den Wagen gleich wieder waschen. Und die Erde und der Schlamm verteilen sich auf der Straße bis Ockstadt und hinunter zur Friedberger Kaserne. Manche der metergroßen Erdplacken warten eigens immer bis

Friedberg, um erst da von den Panzern abzufallen, auf der Straße zu zerplatzen und so auch die ganze Kreisstadt zu verschmutzen, so daß man immer weiß, das sind die Amerikaner, und du bist besetzt. So stehen dann die Friedberger vor den Schollen auf ihrer Straße und können in Zorn geraten und müssen anschließend schnell ein Bier trinken und am besten auch gleich einen Schnaps, um es auszuhalten. Wie viele Gläser Bier und wie viele Schnäpse getrunken wurden infolge der Verschmutzung der kleinen deutschen Stadt Friedberg in der Wetterau durch die Besatzungsmacht der Vereinigten Staaten von Amerika, weiß niemand zu sagen. Bad Nauheim, wo die Amerikaner wohnten, blieb immer sauber, und Friedberg wurde immer verschmutzt. Das Grollen der Panzer ist unterdessen leiser geworden und fast schon verschwunden. Mein Onkel steigt ein und hat sichtlich Mühe, über die Spuren der Panzerketten zu setzen, hier und da drehen die Räder durch, und binnen Sekunden klebt alles am Unterboden und macht den Variant schwer und schwerer. Aber nun sind es auch nur noch wenige hundert Meter zur Panzerrampe, und ab da ist der Weg in ordnungsgemäßem Zustand, denn dort fahren die Panzer nicht, das immerhin dürfen sie nicht, und die Amerikaner dürfen auch nicht das Forsthaus betreten (off limits). Der Winterstein ist zweigeteilt, es gibt dort im Jahr 69 die zivile deutsche Zone und die Sperrzone der Amerikaner, abgezäunt und mit Schildern versehen, auf denen Worte stehen wie

Sofortiger Schußwaffengebrauch!

Immerhin auf Deutsch, damit man es auch verstehen kann. Manchmal sah man die Amerikaner bei Nacht in Friedberg auf der Straße. Überhaupt kamen sie mir immer alle völlig lichtlos vor mit ihren weißen Gesichtern. Nachts neigten diese Gesichter zum Leuchten. Man sah sie von weitem und tat gut daran, der Besatzungsmacht den Vortritt zu lassen, Schlägereien waren an der Tagesordnung, und zugleich trafen sich die weißen Amerikaner mit den von ihnen tatsächlich so genannten deutschen Fräuleins in den Hinterstuben der Lokale zum massenhaften gemeinsamen Kennenlernen. Auch bei uns zu Hause auf dem alten Firmengelände verkehrten meine ganze Jugend über ständig amerikanische Soldaten, manchmal war die ganze Terrasse voll mit ihnen. Alle diese Amerikaner haben nie unsere Stammwirtschaften von innen gesehen, nie die Dunkel, nie die Schillerlinde, auch nicht das Lascaux, in dem ich meine Jugend verbrachte, eine Kellerkaschemme, in der wir selbst bald alle zu lichtlosen Gestalten wurden, wie die Ratten herumliefen und langsam etwas an der Welt begriffen, das wir später nie mehr vergessen sollten.

Dort hinten, am Rand der Wiese, wird nun das

Forsthaus Winterstein sichtbar, die Fenster des Gastraums leuchten in die beginnende Nacht, vier Autos stehen davor, zu Fuß kommt hier nachts keiner her. Das Forsthaus liegt einsam, die Wirtsfamilie wohnt mitten im Wald und eigentlich völlig allein auf dem Winterstein. Mein Onkel parkt in Reih und Glied neben den anderen Autos, steigt aus und steht ein wenig gebuckelt da. Dann geht er zunächst einmal um alle Autos herum und betrachtet sie interessiert. Dann läuft er zur Pferdekoppel, dort ist aber alles dunkel, kein Pferd steht mehr draußen. Abgesehen davon, daß mein Onkel jetzt schon fast auf die vierzig zugeht, ist hier alles noch wie früher, nichts hat sich verändert, nur die Autos sind neueren Datums. Mein Onkel tritt ins Gasthaus ein.

Die Jäger waren da.